एक कहानी का कहानी

प्रतिज्ञा श्रीवास्तव

Made with ♥ on the Notion Press Platform
www.notionpress.com

इस किताब का हर एक शब्द उन सभी लोगो को समर्पित है
"जिनकी दुनिया इन किताबो से शोभित है" |

तहे दिल से धन्यवाद

क्रम-सूची

क्रम-सूची

प्रस्तावना

"एक कहानी" की कहानी

क्या ये कहानी सिर्फ़ मेरे लिए लिखी गई है.. ?
अगर हाँ , तो मैं इस कहानी का हिस्सा क्यों हूँ?
अगर नहीं तो इस कहानी में मेरा वजूद क्यों है ?

ऐसे ही कुछ अनगिनित सवाल का जवाब खोजना है मुझे और मैं मानती हूँ कि ..

हर किसी का एक क़िस्सा होता है, एक कहानी होती है पर वो हज़ारों कहानियों में "ख़ास" होती है, और शायद ऐसी ही ख़ास कहानी का मैं हिस्सा हूँ एक ख़ास कहानी मेरी मेरे पास है..

पर ये कहानी ना सिर्फ़ ख़ास है बल्कि ये रहस्यों से भरी एक रहस्यमयी कहानी है जिसकी शुरुआत "रहस्या" के नाम से होती है..जो कि मैं हूँ और ये मेरी कहानी है, मेरी ज़िंदगी के उस हिस्से की कहानी जो मेरे लिए बेहद मुश्किल रहा और हर मुश्किल ने मुझे कुछ नहीं सिखाया सिर्फ़ एक वाक्य को छोड़कर -"तुम्हारी कहानी तुम्हीं ने लिखी है".

ये कहानी भले ही मैंने लिखी हो पर मैं चाहती हूँ इस कहानी को आप "मेरी" नज़र से नहीं बल्कि "लेखिका प्रतिज्ञा श्रीवास्तव" की नज़र से पढ़े, समझे और अपनी कल्पना की आँखो से देखे।

क्योंकि इस किताब के हर पन्ने के हर एक अध्याय मे लेखिका ने मेरी ज़िन्दगी के कुछ अनसुलझे रहस्यो को सुलझाने की कोशिश की और इस कोशिश के साथ- साथ क्या प्रतिज्ञा पता कर पायेगीं वो एक "कड़वा और भयानक सच" जो छुपा हुआ है मेरी ज़िन्दगी की उन गहराइयों में जो मुझको धीरे-धीरे करके खा रहा है..।

सच को आइने के सामने खड़ा कर दो ताकि वो भी "सच का सामना" कर सके.

-प्रतिज्ञा श्रीवास्तव

1

प्रतिज्ञा

मेरा परिचय एक बहुत ही भाग्यशाली व्यक्ति ने दिया है पर उनके बाद मैं खुद भी अपना परिचय देना चाहती हूँ चूँकि इस कहानी के ख़त्म होने तक हमारा साथ है तो इसलिए ये ज़रूरी है की आप और मैं एक दूसरे को जानते हो।

मेरा नाम प्रतिज्ञा श्रीवास्तव है और मैं एक लेखिका होने के साथ-साथ एक डांसर, पॉडकास्टर, सिंगर और इन्फ्लुएंसर भी हूँ और मैंने २० से ज्यादा किताबो में अपनी रचनाओं को पब्लिश करवाया है, MBA की पढाई पूरी करने के बाद डिजिटल मार्केटिंग की पढाई पूरी की और इसके बाद कंटेंट राइटर बनकर अपनी सेवाएं भी दे रही हूँ।

पर इन सबके बाद मेरे कुछ सवाल है आपसे ...
आपको ये बुक एंड स्टोरी कैसी लगी, और क्या इसका दूसरा भाग भी आना चाहिए या नहीं इस बात का निर्णय आपका होगा।

और आपके निर्णय के इन्तेज़ार में
प्रतिज्ञा श्रीवास्तव

2

रहस्या का परिचय

रहस्या एक 27 बर्षीय शिक्षिका हैं जो एक छोटे से शहर मे रहतीं है जिनके परिवार मे पति पुनीत (स्कूल का संस्थापक) और सासुमाँ सुशीला देवी(स्कूल की हेड) रहती है जो रहस्या को सबसे अधिक प्रेम करती है और हो भी क्यों ना रहस्या सुशीला देवी की खास सखी जानकी जी की एकलौती बेटी जो ठहरी। रहस्या का जन्मदिन 14 जनवरी को रहता है एक ख़ास दिन "जब सारा भारत उसके जन्मदिन को मनाता है"

रहस्या को बचपन से ही शांत स्वभाव पसंद है वो बचपन मे नटखट और चंचल स्वभाव की रही पर कभी किसी को परेशान नहीं किया और जैसे-जैसे बड़ी होती गयी वैसे-वैसे समझदारी ने पँख पसार लिए या यूँ कहे परिवार की ज़िम्मेदारी के बीच वो ख़ामोश हो गई पर परिवार मे सिर्फ़ माँ और रहस्या ही रह गये है पिता की असमय मृत्यु ने माँ को तोड़ दिया जिससे रहस्या और भी ज़्यादा टूट गयीं, रहस्या की माँ जानकी और पिता रामेश्वर ने प्रेम-विवाह किया था जिसके बाद दोनो के घर वालों ने इन दोनो से रिश्ता तोड़ लिया और जब बाद मे रहस्या को लेकर गए तब भी घरवालों की नाक कट गयी और इज़्ज़त उनके बच्चों से ज़्यादा बड़ी हो गयी तब रहस्या के माँ पापा ने फ़ैसला किया "भले ही मर क्यों ना जाए पर इन ऊँचे लोगो के पास कभी नहीं आयेंगे" इसलिए अब रहस्या के पास कोई भी सहारा नहीं था उसकी माँ के

अलावा।

रहस्या अपनी 12वी की पढ़ाई कर रहीं थी जब उसके पिता का निधन हुआ, एक 18 साल की बच्ची और कमाई का कोई साधन ना होना बहुत दुःखद था। रहस्या को अपनी पढ़ाई भी जारी रखनी थी तो छोटे बच्चों को पढ़ाना शुरू किया "जिनका स्कूल उसके घर से पास मे ही था" बच्चों के प्यार के साथ- साथ उनकी तादात भी वक़्त के साथ इस कदर बढ़ी कि स्कूल की प्रिन्सपल एवं हेड सुशीला देवी जो कि (एक स्कूल की प्रिन्सपल होने के साथ-साथ जानकी जी की स्कूल की सखी भी थी और दोनो ने एक ही शहर से पढ़ाई की थी) ने खुद घर आकर रहस्या से आग्रह किया कि "रहस्या स्कूल संचालन का हिस्सा बन जाए और वहाँ आकर बच्चों के बेहतर भविष्य के लिए प्रयास करे, क्योंकि उसे सब जानते थे, ना केवल पास के लोग बल्कि दूसरी जगह के लोग भी जिससे स्कूल की ख्याति भी पंख पसार सकती थी रहस्या के माध्यम से". घर के हालतो मे यह निवेदन "डूबते को तिनकें का सहारा" जैसा प्रतीत हुआ और रहस्या ने ज्यादा वक़्त नहीं लिया हाँ कहने मे.

स्कूल मे सुशीला देवी से हर दिन मिलना और कभी-कभी पुनीत(सुशीला देवी का इकलौता बेटा) से मिलना मीटिंग की वजह से, सबको रहस्या का व्यवहार, भोलापन, सादगी, मासूमियत और काम करने का सलीका पसन्द आया जिस तरह से वो काम करती, मुश्किल से मुश्किल चीज़ों को आसान बना देतीं, बुरी परिस्तिथियों का भी डटकर सामना करती वो भी बिना किसी शिकायत के जो बात रहस्या को और भी आकर्षित बनाती जिसकी वजह से पुनीत उसकी तरफ़ खिंचा चला जाता और यह बात सुशीला जी भी समझ रहीं थीं और जानकी जी से रहस्या और पुनीत की शादी मे सुशीला देवी ने देर नहीं लगाई पर रहस्या हर बार शादी के लिए अपनी माँ को मना कर रही थीं जिसकी वजह दोनो माँ बेटी जानती थी इन हालातों मे अपनी माँ को अकेले छोड़ना फिर नई ज़िंदगी की शुरुआत रहस्या को डरा रही थीं पर सुशीला जी ने मनाया रहस्या को "तुम अपनी माँ के हमेशा पास ही तो रहोगी जब मन करें चली आना बस रहस्या ने हामी भर दी" और एक शुभ मुहूर्त देखकर रहस्या और पुनीत को परिणय सूत्र मे बाँधने का एलान

कर दिया और ऐसे करके रहस्या और पुनीत की ज़िंदगी शुरू हुई.

रहस्या और जानकीजी की ज़िन्दगी में काफ़ी अरसे बाद ख़ुशियों ने दस्तक दी वो भी उनकी ही सखी के द्वारा. जानकी जी ने इस शादी के लिए हाँ करते वक्त सुशीला जी से एक वादा भी लिया था जो हर माँ की दिली ख्वाहिश भी होती है- "सुशीला मेरी बेटी तुम्हारे घर अब बहू बनकर आ रही है, बचपन से उसने काफ़ी तकलीफ़ झेली है और मैं नहीं चाहती उसे ससुराल में भी तकलीफ़ हो, तुम उसे मुझसे भी ज़्यादा प्यार करना ताकि उसे मेरी कमी कभी महसूस ना हो।"

सुशीला जी- नहीं जानकी रहस्या की ज़िन्दगी में तुम्हारी जो जगह है वो तो कोई भी नहीं ले सकता, बस मैं उसके ख़ालीपन को भरने की कोशिश ज़रूर करूँगी और तुम फ़िक्र मत करना, जब भी तुम्हें उसकी याद आए तुम आ जाना...।

जानकी जी- ये सब बोलकर तुमने मेरा दिल हल्का कर दिया अब मैं बेफिक्र हूँ अपनी बेटी की ज़िंदगी से और दामाद भी बहुत अच्छा मिला है हीरा है एकदम, पता है सब उसकी बहुत तारीफ़ करते है, जिससे भी सुना है उसके बारे में अच्छा ही सुना है।

सुशीला देवी - ये तो सौभाग्य है मेरा कि मेरा बेटा इतना अच्छा है।

जानकी जी- नहीं सुशीला, तुमने उसकी परवरिश अच्छी की है. हम दोनो की अधूरी ज़िंदगी में हमारे बच्चे ही हमारा सहारा है. भगवान इस दोनो को हमेशा ख़ुश रखे।

सुशीला देवी- हाँ जानकी, ऐसा ही होगा अबसे हमारी ज़िंदगी में बस ख़ुशियाँ ही ख़ुशियाँ होंगी।

जानकी जी- तो फिर पंडित जी से एक अच्छा सा मुहूर्त निकलवा कर शादी की तैयारी शुरू कर देते है, कैसा रहेगा?

सुशीला देवी- अरे मैं यहीं बताने तो तुम्हारे घर आई हूँ और बातों-बातों में भूल भी गयीं, पंडित जी ने दो दिन बाद का मुहूर्त निकाला है शादी का।

जानकी जी- "दो दिन बाद" इतने जल्दी कैसे होगा सब, कितनी तैयारी करनी होगी ना?

सुशीला देवी- तुम क्यों फ़िक्र करती हो, सब मिलकर देख लेंगे और सारी तैयारियाँ भी हो जायेंगी।

जानकी जी- तुमको पता है ना मेरे यहाँ से बस हम दोनो "माँ- बेटी" ही है और कोई तो है नहीं।

सुशीला देवी- पता है और मुझे इस बात से कोई एतराज़ भी नहीं कितनी बार तुम रोई हो मेरे सामने, तुम्हारा दुःख, दर्द, तकलीफ़ सब पता है मुझे और तुम फ़िक्र मत करो पुनीत सब सम्भाल लेगा।

जानकी जी- अरे रहस्या, आ गयीं तुम (रहस्या स्कूल से आते हुए)

रहस्या- हाँ माँ, नमस्ते माँ (सुशीला देवी) आज आप स्कूल नहीं आयीं?

सुशीला देवी- बस तुम दोनो की शादी की तारीख़ निकलवाने गयीं थी "दो दिन बाद है शादी"

रहस्या- मैं चाय बनाकर लाती हूँ (ऐसा बोलकर वो किचन में चली गयी)

जानकी जी- लगता है शर्मा गयी (और दोनो सखी हसँ दी)

पर सच क्या है वो तो रहस्या को ही पता है. अपनी शादी का सुनकर रहस्या.

खुश भी थी और दुःखी भी, उसकी माँ के बारे में सोच कर, जिससे वो रुआसूँ हो उठी ये सोचकर- एक अनजान घर में अनजान लोगों के बीच अपनी माँ को छोड़कर जाना आसान नहीं है, पर पुनीत से शादी करना भी तो ज़रूरी है तभी मैं माँ को अपने पास रख पाऊँगी, चलो कल से शादी की तैयारी शुरू करती हूँ और ऐसा सोच कर रहस्या अपने दैनिक कार्य में जुट गयी।

शादी जिसका सपना हर इंसान देखता है, सपने संजोता है, उन सपनो को पूरा करने की ख्वाहिश करता है। पुनीत और रहस्या के वो सपने अब पूरे होने जा रहे है, चलिए चलते है अगले अध्याय में।

अंधेरा चाहे कितना भी ताकतवर क्यों ना हो, ख़ुशी की छोटी सी रोशनी
से "हार" जाता है...।

प्रतिज्ञा श्रीवास्तव

3

नई शुरुआत का आग़ाज़

ख़ुशियों से भरी ज़िंदगी की चाहत सभी करते है पर वो हासिल सबको नहीं, सिर्फ़ पुनीत और रहस्या को है. वो दोनो जो बने ही "एक- दूजे" के लिए है और वो दिन भी आ गया जब दोनो "परिणय सूत्र" में बंधने जा रहे।

शादी में गिनती के "ख़ास २५ लोग" शामिल थे सुशीला देवी की पहचान वाले, कुछ रिश्तेदार, आस- पड़ोस वाले, कुछ स्कूल के शिक्षक बस, पुनीत और रहस्या दोनो तैयार होकर स्टेज पर पहुँच गए वहाँ जहाँ पंडित जी इन दोनो का इंतेज़ार कर रहेथे .

रहस्या किसी ख़ूबसूरत सी गुड़िया की तरह लग रही जैसे सारी कायनात ने अपना समय सिर्फ़ रहस्या को सजाने में लगाया हो, 'लाल जोड़ा' जिसपर उसने सुनहरे कलर के 'गहने' पहने, जो उसकी ख़ूबसूरती में 'चार चाँद' लगाने के लिए काफ़ी थे, आँखो में 'काजल' और होंठों पर 'लाली', दोनो ख़ूबसूरत आँखो के बीच एक लाल कलर की छोटी सी 'बिंदी' जिसके नीचे गोल्डन कलर की एक बहुत छोटी सी बिंदी है मानो "चाँद के साथ एक छोटा सा सितारा" बैठा हो, हाथों में पुनीत के नाम की 'मेहंदी' के साथ-साथ जोड़े से मिलती हुई चूड़ियाँ और वहीं फूलो से भी नाज़ुक पैरो में मेहंदी, माहवर और पायल सुशोभित है, रहस्या को देख

लोग ख़ूबसूरती की मिसाल बना रहे थे, रहस्या पुनीत के बग़ल में एक हल्की सी, प्यारी सी मुस्कान लिए बैठी है जिसपर से पुनीत की नज़र हटने का नाम ही नही ले रहीं और पुनीत वो भी किसी राजकुमार से कम नहीं लग रहा जिसने "मुकुट की जगह बस पगड़ी" पहनी है, पोशाक से लेकर मोजड़ी तक सब राजसी प्रतीत हो रहा है, दोनो एक दूजे के पास बैठकर ख़ुश भी है और संतुष्ट भी.

शादी की रस्में शुरू हो चुकी, धीरे- धीरे आगे बढ़ रही पर पुनीत के चेहरे पर बारह बजे हुए थे और ये देख फूफाजी ने पूछा- क्या हुआ दूल्हे राजा ये १२ क्यों बजा कर रखे है तुमने?

पुनीत- पता नहीं फूफाजी कुछ अजीब सा लग रहा है, पता नही क्यों?

फूफाजी- क्यों नही लगेगा सभी लोग बस तुम दोनो को ही देख रहे है, इसलिए थोड़ी घबराहट होती है सबको होती है।

पुनीत- ठीक है फूफाजी। (और पुनीत चुप बैठ गया)

पंडित जी ने दोनो को "सात फेरे" लेने के लिए खड़े होने का आदेश दिया, पुनीत और रहस्या दोनो अपनी- अपनी जगह खड़े हो गए "सात फेरो के सात वचन" लेने के लिए, हर एक फेरे के साथ "एक वचन और एक वादा" जो दोनो की ज़िंदगी के लिए महत्वपूर्ण है, जो अब इनके अस्तित्व को "एक" बना देंगे और पुनीत और रहस्या सदा के लिए एक हो ज़ायेग़े ।

"सात- फेरो" की समपन्ता के साथ- साथ शादी की समपन्ता का एलान भी हो गया, अब दूल्हा- दुल्हन दोनो भोजन के लिए प्रस्थान किए। सभी मेहमानो ने खाना खाया और वर- वधू को आशीर्वाद दिया।

विदा की तैयारी के वक़्त रहस्या और जानकी जी को थोड़ा वक़्त मिल गया साथ में बार्तालाप करने का-

जानकी जी- रहस्या, बेटा आज से तुम तुम्हारा नया जीवन शुरू कर रही हो तो हो सके तो अपने अतीत की यादों को भूलकर आगे बढ़ना, तुम्हारे पिता और मुझे तुम पर नाज़ है (और ऐसा बोलकर जानकी जी ने रहस्या को ज़ोर गले लगा लिया)

रहस्या- हाँ माँ, मैं आपकी दी हुई सीख को हमेशा याद रखूँगी और वादा करती हूँ आपसे मैं आपको कभी निराश नहीं होने दूँगी और आप भी

वादा करिए मुझसे मिलने आती रहेंगी।

जानकी जी- हाँ वादा.

रहस्या- और मैं भी आपसे वादा करती हूँ, "जिस मक़सद के लिए मैंने पुनीत से शादी की है, उस मक़सद को पूरा किए बग़ैर चैन से नहीं बैठूँगी"

और जानकी जी ने रहस्या को ख़ुशी- ख़ुशी पुनीत के साथ विदा किया, रहस्या ख़ुश थी पर

पुनीत के मन मे एक अजीब सी हलचल थी उसको शादी भर मे ऐसा लग रहा था जैसे कि सबकुछ ज़रूरत से ज़्यादा ही ठीक लग रहा था। होता है ना जब सब कुछ अच्छा हो तो मन मे एक शंका हो ही जाती है इन सबके परे सुशीला देवी ने रहस्या का घर में स्वागत बहुत धूम- धाम से किया, रात तक सारे मेहमान जा चुके थे और घर में केवल सुशीला देवी, रहस्या और पुनीत ही रह गए थे.

रहस्या और पुनीत अपने कमरे में आकर चैन से बैठे और पुनीत ने फ़र्ज़ निभाते हुए बात शुरू करने की पहल की-

पुनीत- तुम बहुत ख़ूबसूरत लग रही हो, हद से ज़्यादा।

रहस्या- (शर्माते हुए) थैंक यू, क्या ये बात मैं आपके लिए भी बोल सकती हूँ?

पुनीत- क्या मैं ख़ूबसूरत दिख रहा था (हँसते हुए)

रहस्या- नहीं, हैंडसम बोलने वाली थी मैं तो, पर आपको ख़ूबसूरत शब्द पसंद है तो यहीं सही (और दोनो हँसने लगे)

पुनीत- तुम चाहो तो ये भारी- भरकम कपड़े बदल सकती हो, थक गयीं होगी ना, थोड़ा आराम भी कर लेना।

रहस्या ने हाँ में सर हिलाया और पुनीत ने भी आरामदायक कपड़े पहन लिए जो वो अक्सर घर में पहनता है और रहस्या भी बाथरूम में से हल्की गुलाबी नेट की सारी पहन कर आई जिसमें वो स्वर्ग की कोई अप्सरा लग रही थी और पुनीत उसे इस तरह देख रहा था जैसे रहस्या के इस रूप को वो "हमेशा के लिए अपनी आँखो में समा लेना चाहता हो"

रहस्या और पुनीत दोनो ने एक दूसरे की आँखो में देखा और दोनो आगे कदम बढ़ा कर अपने बीच में खड़ी दूरियों को कम किया और रहस्या पुनीत के गले लग गयीं और पुनीत ने रहस्या को उससे भी तेज़

जकड़ लिया, रहस्या को पुनीत के दिल की धड़कन सुनाई दे रही थी और पुनीत को रहस्या के बालों में से ख़ुशबू महसूस हो रही थी, पुनीत ने रहस्या को उसके बेड पर बिठाया और खूबसूरत सी पायल उसके दोनो पैरो में पहना दी... आज के दिन मुझे तुमको एक यादगार उपहार देना था पर समझ नहीं आ रहा था क्या दूँ तो ये पायल पसंद आ गई तो यहीं ले आया, तुम्हें पसंद आई?

रहस्या- हाँ बहुत.

दोनो के बीच थोड़ी- थोड़ी बातें शुरू हुई और साथ ही कुछ "ख़ास" भी पर पुनीत इस बात का ऊपर ऊपर से दिखावा कर रहा था कि सब ठीक है पर उसके दिमाग़ में तो कुछ और ही चल रहा था जो उसका ध्यान कहीं और खींच कर ले जा रहा था, पुनीत को ऐसा लग रहा था जैसे वो इस रहस्या से पहली बार मिल रहा है, जैसे कि रहस्या उससे कुछ छुपा रही है, जैसे कि ये रहस्या वो नहीं है जिसे वो पसंद करता था उसे बार बार बस ऐसा महसूस हो रहा था जैसे कुछ तो "ग़लत हुआ है या होने वाला है" ये तूफ़ान के पहले की शांति महसूस हो रही फिर भी पुनीत आगे बढ़ा और रहस्या के क़रीब गया, दोनो के बीच की दूरियाँ फ़ना हो गयीं, पर पुनीत के पास एक शंका थी जिसपर "हाँ कुछ छुपाया है" की मोहर रहस्या के नज़दीक जाकर लग गयी. रहस्या और पुनीत की पहली "ख़ास रात" जब दोनो एक दूसरे के काफ़ी क़रीब थे तब पुनीत को एक अजीब सा अहसास होने लगा जैसे कि रहस्या उससे कोसो दूर किसी सुनसान रास्ते पर खड़ी है, जैसे कि वह रहस्या को जानता ही नहीं, उसे लग रहा था यह वो रहस्या नहीं है जिसे वो जानता था, "पर दूरियों के मिटने के बाद दूर होने का अहसास क्यों" ये बात उसे मन ही मन खा रही थी और दिमाग़ मे बस एक ही बात चल रही थी कि "कहीं ये शादी रहस्या ने मजबूरी मे तो नहीं की?"

अब इस सवाल का जबाब तो बस रहस्या दे सकती है... पुनीत ने रहस्या से यह सवाल पूछा या नहीं और अगर हाँ पूछा तो रहस्या का क्या जबाब आया, क्या है रहस्या का मक़सद, क्या सच में जो पुनीत को लग रहा है वहीं सच है या बस ये पुनीत के मन का भ्रम है?

आइये जानते "एक कहानी- की कहानी" के अगले अध्याय में

हर झूँठ के साये में कहीं ना कहीं एक "सच" छिपा होता है
प्रतिज्ञा श्रीवास्तव

4

सम्बंध में मधुरता

पुनीत और रहस्या यूँ तो पहली बार स्कूल मे मिले थे और रहस्या के मासूम चेहरे में उसने खुद को एक अलग दुनिया मे पाया उस दुनिया मे मासूमियत और भोलेपन के अलावा कुछ नहीं था उसके व्यवहार ने पुनीत के दिल मे जो आग लगाई थी वो आग पुनीत के दिल में अब ज्वालामुखी का रूप रख चुकी थी जिसकी वजह से पुनीत छुपके से रहस्या को "सबसे नज़रे चुराकर" एक झलक देख ही लेता और बस मन में खुद से सवाल करता - "इस मतलबी और चालाक दुनिया में कोई इतना समझदार और भोला कैसे हो सकता है? इतना मासूम जैसे मासूमियत ने खुद ही बनाया हो इसे" कितनी भाग्यशाली है ये जो भी इससे मिलता है बस इसका हो जाता है ऐसा लगता है जैसे "इसकी आवाज़ में एक संगीत के धुन की सी कशिश है जो लोगों को मंत्रमुग्ध कर देती हो" ।

पर पुनीत रहस्या से ज़्यादा भाग्यशाली निकला "जिसकी शादी उसी से हुई जिसे वो मन ही मन पसंद करता था" और जो भी हुआ सब वैसा ही हुआ जैसा वो चाहता था तो फिर पुनीत के मन मे ये सवाल क्यों शादी के सात दिन बाद जब दोनो अपने हनीमून से वापस आए, तब भी जब पूरे छः दिन सिर्फ़ दोनो साथ रहे, जब दोनो के बीच में कोई तीसरा हो ही नहीं सकता था तब भी। जब पुनीत रहस्या के बेहद क़रीब रहा तब भी उसके मन मे रहस्या को लेकर सवाल वो भी इतने अनुत्तरित जिनके उत्तर वो

अकेला कभी नहीं खोज़ पायेगा। सुशीला जी से पूछने के बारे में उसने काफ़ी सोचा पर वो भी तो रहस्या को उतना ही जानती थी जितना कि पुनीत और रहस्या की ज़िन्दगी में उसकी माँ के अलावा पुनीत किसी को जानता भी नहीं था जिनसे ये सवाल कर सके और रहस्या के बारे में और अधिक जान सके।

पर इस दिल और दिमाग़ मे चल रही उथल-पुथल का इलाज तो करना होगा ना। "काश मैंने शादी के पहले ही रहस्या से बात की होती तो आज यह नौबत ही नही आती, हम दोनो अपनी अपनी ज़िंदगी में काम को लेकर इतने ज़्यादा व्यस्त थे कि साथ मे कभी अकेले मे कुछ पल गुज़ारे ही नहीं और आज उस गलती का एहसास हो रहा है पर अब क्या कर सकते है" पुनीत के दिल और दिमाग़ मे एक जंग चल रही थी जो और भी भयावह रूप लेती जा रही थी।

हिम्मत करके पुनीत ने अब मन बना लिया "आज रात में जैसे ही रहस्या कमरे मे आयेगी मैं उससे सारे सवालों के जबाब पूछूँगा चाहे कुछ हो जाए" पर यह भी लग रहा था कहीं वो नाराज़ ना हो जाए पर इन बातो को परे रख उसने जो फ़ैसला किया वो ज़रूरी था।

अब वो समय भी आ गया जब रहस्या कमरे में आ गयी और पुनीत का सवालों से भरा चेहरा देखकर समझ गयी कि कुछ बात है जो पुनीत को मन ही मन परेशान कर रही है।

क्या बात है पुनीत आप कुछ परेशान लग रहे है आपने ठीक से खाना भी नही खाया और बार- बार मेरे आगे पीछे घूम रहे थे कुछ पूछना है क्या? रहस्या ने कहा ।

नहीं ऐसा क्यों लग रहा है तुम्हें, वो बस थोड़ा स्कूल के काम को लेकर परेशान था बस और कुछ नहीं।

रहस्या नाम मेरा है और आप मुझसे ही रहस्यमयी बातें कर रहे हो (थोड़ा हँसकर मज़ाकिया अन्दाज़ में रहस्या ने बोला)

"खामोशी ने दोनो के बीच में एक सुराग बना दिया फिर काफ़ी देर सोच-विचार करने के बाद पुनीत ने कहा- "

हाँ रहस्या तुम सही कह रही हो कुछ अनसुलझे से धागे है जिनको जितना सुलझाने की कोशिश करो वो उतना ही उलझ रहे है.

जब मन में कोई बात खलने लगती है तो उसका ज़बाब ज़रूर खोजना चाहिए बताओ पुनीत क्या बात है?

मैं जानता हूँ और मानता भी हूँ कि तुम्हारा मेरी बातों पर नाराज़ और गुस्सा होना लाज़मी है पर मैं इस बात का बुरा नहीं मानूँगा पर मेरे सवाल मेरे ज़िन्दगी पर भारी हो रहे है क्या तुम मेरे सवालों का जबाब दे सक़ोगी?

देखो पुनीत मैं जानती हूँ हम दोनो को कुछ ख़ास वक़्त नहीं मिला एक दूसरे को जानने का तो आपके मन मे सवाल उठना लाज़मी है आप पूछिए आपको क्या पूछना है।

पर क्या तुम मेरे कहने पर उन सवालों के जबाब दे पाओगी जो तुम्हें तकलीफ भी दे सकते है?

हाँ, क्योंकि वो सवाल अभी आपको तकलीफ़ दे रहे है जिनका उतर आपके पास होना ज़्यादा ज़रूरी है।

ठीक है रहस्या मेरे तुमसे सिर्फ़ तीन सवाल है और इन तीन सवालों में मेरे हज़ारों सवाल छुपे हुए है।

हाँ ठीक है पुनीत मैं आपके तीन तो क्या हज़ारों सवालों के जबाब के लिए तैयार हूँ पूछिए आपके सवाल।

पूरे कमरे में सन्नाटा पसर गया इतना कि दोनो के दिल की धड़कन वो दोनो साफ़- साफ़ सुन सकते थे रहस्या तैयार है पुनीत के सवालों का जबाब देने के लिए और पुनीत तैयार है रहस्या के जबाब सुनने के लिए तो

"क्या है पुनीत के वो तीन सवाल जो उसके हज़ारों सवालों का जबाब दे सकते है" इसका जबाब हम अगले अध्याय में खोजेंगे...।

सवालों से जबाब माँगने का हक़ तो "**खुद सवालों** " को भी नहीं है ।
प्रतिज्ञा श्रीवास्तव

5

पुनीत के "वो तीन" सवाल

पुनीतऔर रहस्या के लिए ये रात बहुत भारी होने वाली थी क्योंकि दोनो ही इस सवाल-जबाब के खेल के लिए तैयार नही थे दोनो डरे सहमे हुए थे, पुनीत डरा हुआ था कि कही उसका अंदेशा सही ना हो और रहस्या डरी हुई थी की पता नही पुनीत को उसके अतीत का वो भयानक सच तो पता नहीं चल गया।

कमरे में चारों ओर सन्नाटा भी था और दोनो के दिल की धड़कनो का शोर भी फिर पुनीत की आवाज़ सन्नाटे को चीरती हुई रहस्या के कानो तक पहुँची- तुम तैयार हो रहस्या?और रहस्या ने हाँ में जबाब दिया|

मेरा पहला सवाल है- "क्या तुमने यह शादी किसी दबाब में आकर की है या तुमने मदद के बदले का एहसान चुकाया है?"

रहस्या- मैं पूरे तरह से आपकी बात को नहीं झुठला सकती पर हाँ मैं शादी के लिए अभी तैयार नहीं थी पर इसका यह मतलब नहीं कि मैंने यह शादी दबाब में आकर की, मुझे आपका व्यवहार अच्छा लगता है और हाँ मैं आपको पसंद भी करती हूँ ख़ासकर आपकी माँ को जो मुझसे बहुत प्यार करती है पर मुझे बस मेरी माँ की चिंता थी पापा चले गए और फिर मैं भी वो कितनी अकेली हो गयी है पर आपसे शादी करने का एकमात्र कारण था आपकी माँ जिन्होंने मुझसे कहा था कि मैं कभी भी अपनी माँ

से मिलने जा सकती हूँ और माँ के पास भी रहूँगी "बस इसलिए शादी की"।

"ठीक है मान लिया तो फिर ऐसा क्यों होता है जब भी मैं तुम्हारे क़रीब जाता हूँ तो मुझे कुछ महसूस नहीं होता और ऐसा लगता है कि तुम मुझसे बहुत दूर हो-बहुत दूर?" पुनीत ने कहा यह दूसरा सवाल है पुनीत की तरफ़ से पर रहस्या के पहले जबाब से पुनीत थोड़ा सन्तुष्ट था अब बारी थी रहस्या से दूसरे उत्तर की।

रहस्या- मुझे माफ़ कर दीजिए इस बात के लिए पर पुनीत, आप खुद ही सोचिए हम शादी के पहले कितनी बार मिले है और स्कूल भी मेरा कन्याशाला था जहां कोई लड़का नहीं था तो मैंने कभी लड़कों से बात तक नहीं की थी अगर की भी थी तो वो मेरे स्टूडेंट्स के माँ- पापा थे और फिर अचानक से शादी, मैं ठीक से मेरे शरीर को भी नहीं समझती ऐसे में आपका मुझे छूना, मुझे संभलने के लिए वक़्त ना देना, वो दर्द सहना जो आपके द्वारा दिया जाता है हर रात, अपने अंदर हो रहे बदलावों को समझना, आपको और अपने आप को बिना कपड़ों के देखना, आपका मुझे वहाँ छूना जहां बस मैं छू सकती हूँ , आपके देखते ही या छूते ही शरीर में एक करंट का दौड़ना, ये सब मेरे लिए नया है ऐसा पहले कभी नही हुआ तो हाँ मैं ठीक से घुल-मिल नहीं पा रही अब यह डर है या शर्म मुझे नहीं पता पर आपने भी मेरा इंतेज़ार नहीं किया ना..आपने भी तो मुझे वक़्त नहीं दिया हो सकता है जब मैं आपको ठीक से जानने लगती तो शायद ऐसा नही होता.।

हाँ रहस्या तुमने कहा तो सही है जब आप अपने सपनो की रानी के सामने होते हो और वो सिर्फ़ और सिर्फ़ आपकी होती है तब खुद को रोक पाना असम्भव सा जान पड़ता है और यह गलती मुझसे हुई है जिसके लिए मैं शर्मिन्दा हूँ मुझे तुम्हें थोड़ा समय देना चाहिए था और ऐसा कहकर पुनीत और रहस्या थोड़ा सहज महसूस कर रहे थे और हो भी क्यों ना "दिल की बातें कितने दिनो से दिल में थी जो अब दोनो के ज़हन से उतरकर चारदिवारी में गुम हो रहीं थीं" शायद इतने दिनो में ऐसा पहली बार हुआ होगा जब रहस्या और पुनीत ने खुलकर एक-दूसरे से बातें करी और सुनी होंगी जिसकी वज़ह से दोनो के दिल पहले से क़रीब

आ गए और साथ धड़कने लगे। दोनो के होंठो पर थोड़ी सी मुस्कान थी और पुनीत सोच मे डूबा हुआ "कितना महान हूँ ना मैं भी ना जाने इस भोली प्यारी सी लड़की के बारे में क्या-क्या सोच लिया" तभी एक मधुर आवाज़ से पुनीत का ध्यान टूटा - हाँ कुछ कहा तुमने?

रहस्या - हाँ मैंने आपसे पूँछा अब आपके दिल में कोई और बात तो नहीं?

पुनीत ने कुछ सोचा और कहा- बात तो नहीं है पर मेरा तीसरा सवाल अभी बाक़ी है उसे भी पूँछ लूँ?

हाँ में सर हिलाते हुए रहस्या ने कहा पर उसे यह नहीं पता था कि पुनीत का यह तीसरा प्रश्न उसकी पूरी दुनिया हिलाने वाला था

पुनीत ने बात आगे बढ़ाते हुए बोला- मैं चाहता हूँ तुम मुझे सच बताओ, हम दोनो के बीच की ये बातें बस इस कमरे तक ही सीमित रहेंगी तो बस तुमसे मुझे सच की उम्मीद है। कमरे में फिरसे सन्नाटे ने जगह बना ली और इस बार सिर्फ़ दिल की धड़कन ही नहीं बल्कि साँसो की आवाज़ भी तेज़ी से कानो में घर बनाने में लगी हुई थी। रहस्या के पैर काँपने लगे और दिमाग़ में बस यही था "अब इतना कुछ जानने के बाद भी पुनीत का ऐसा कौन सा सवाल बचा हुआ है" मन ही मन डर इस कदर छाने लगा जैसे बारिश के मौसम में काले बादल।

हाँ पुनीत आप पूछिए आपको क्या सच जानना है (कँपकँपाती आवाज़ में रहस्या ने कहा)

पुनीत- "ये आराध्य कौन है?

अभी तक तो कमरे में ही सन्नाटा था पर अबसे रहस्या के अंदर भी हो गया, उसका काँपना बंद हो गया और बंद हो गया उसका साँसे लेना भी. वो बस पुनीत को एकटक देखती जा रही थी वो भूल ही गई कि उसने पिछले 45 सेकण्ड से पलकें नहीं झपकाई, उसे अपने कान में बस एक ही आवाज़ गूँज रही थी "ये आराध्य कौन है?" आराध्य, आराध्य, आराध्य, रहस्या के कान में बस एक ही नाम गूँज रहा था "आराध्य" और पुनीत रहस्या को भापने उसका चेहरा पढ़ने की कोशिश करता हुआ मन ही मन बस इतना कह रहा था- "जैसा मैं सोच रहा हूँ वैसा ना हो, कह दो मुझसे कि ये क्या ऊल-जलूल सवाल पूँछ रहे हो, कह दो कि मैं नहीं जानती इसे,

हाँ मैं डर रहा हूँ इस सवाल के ज़बाब से"

पर इससे पहले रहस्या अपने आप को सम्भाल कर कुछ बोल पाती इतने मे किसी के चिल्लाने की आवाज़ आई और दोनो बाहर की तरफ़ भागे कहीं कोई नज़र तो नहीं आ रहा था तब रसोई घर में जाकर देखा तो सुशीला देवी फ़र्श पर थी और उनके आस पास पानी और जग गिरा हुआ था, ये समझने का वक़्त नहीं था कि "यहाँ हुआ क्या?" बस बिना देर किए सुशीला जी को अस्पताल ले गये जो उनके घर से मात्र 10 मिनट की दूरी पर था,

जहां डाक्टर ने बताया- सुशीला जी को हार्ट-अटैक आया था कम से कम दो दिन तक यहीं रहने दीजिए इन्हें क्योंकि 24 घंटे इनके लिए बेहद ज़रूरी है।

आज का दिन पुनीत के लिए बहुत भारी था, जिस बात का उसे डर था वहीं हुआ (रहस्या से सवालों का ज़वाब ना मिलना) और जिस बात को उसने कभी सोचा भी नहीं था वह कैसे हो गया(माँ को हार्ट अटैक आना). इस बीस मिनट ने पुनीत और रहस्या की दुनिया बदल दी पर फिर भी दोनो उन बातों को भूल भगवान से बस यहीं प्रार्थना कर रहें "माँ जल्दी स्वस्थ हो जायें बस" और दोनो के बीच की "वो अधूरी बात ना जाने कब तक के लिए अधूरी रह गयी"।

अगले अध्याय में ज़ानेगे रहस्या और पुनीत के बीच की बातें आगे बढ़ी, क्या रहस्या पुनीत के शक को दूर कर पाएगी, क्या रहस्या पुनीत को आराध्य के बारे में बतायेगी?

आप अतीत को छोड़ सकते हो पर, "अतीत" आपको कभी नहीं
छोड़ता...।
प्रतिज्ञा श्रीवास्तव

6

शक का बीज़

कहते है एक बीज़ में बहुत ताक़त है फिर चाहे वो "शक का बीज़" ही क्यों ना हो. पुनीत के मन मे वो शक घर कर गया था जो उसके और रहस्या के रिश्ते को खोखला करता जा रहा था और वो भी शादी के कुछ ही दिन बाद। उस रात जो कुछ भी हुआ उसका असर पुनीत पर दिखने लगा था अभी दो घंटे ही हुए थे सुशीला देवी को भर्ती किए हुए पर पुनीत और रहस्या में से किसी ने भी बात करने की पहल नही की। शायद दोनो ही इस बात से परेशान थे की सुशीला जी की हालत में सुधार रहे. पुनीत की चुप्पी और रहस्या की ख़ामोशी टूटने का नाम ही नही ले रही थी पाँच घंटे के बाद भी . दोनो चुप थे इस आस में कि "वो पहल करे मैं नहीं" यही सब चलता रहा कि अचानक दोनो के कानो मे एक साथ एक आवाज़ गूँजी - "अब कैसी है सुशीला? मुझे तुम दोनो में से किसी ने बताया क्यों नहीं, सुबह जब टहलने निकली तब शर्माजी ने बताया कि सुशीला को अस्पताल मे भर्ती किया है रात में। तुम तो बता सकती थी ना रितु (रहस्या को प्यार से उसकी माँ रितु बुलाती)"।

पुनीत ने अपना ध्यान हटाते हुए जानकीजी से कहा- माँ आप परेशान हो जाती और रात में फिर कैसे आती और हम इतना परेशान थे कि इन सब बातों का ध्यान ही नही रहा,

बाक़ी हम दोनो तो है ही यहाँ, आप फ़िक्र मत करिए माँ अब ठीक हैं पहले से।

अच्छी बात है पुनीत बस सुशीला जल्दी ठीक हो जाए पर अचानक से ऐसा - जानकी देवी ने पूँछा।

पता नहीं माँ हम लोग तो कमरे में थे जब आवाज़ सुनी तो बाहर आए तब देखा माँ किचन में बेहोश होकर गिर गयीं थी पुनीत ने बताया, पर जानकी जी के प्रश्न ने रहस्या और पुनीत के दिमाग़ में एक बात डाल दी थी- " कहीं माँ ने हम दोनो की बातें सुन तो नहीं ली थी जिसकी वज़ह से उन्हें हार्ट-अटैक आया हो, अगर ऐसा हुआ तो मैं कभी खुद को माफ़ नही कर पाऊँगा और ऐसा सोचकर पुनीत रुआँसू हो गया"। अस्पताल में लोगों का आना शुरू हो गया जैसे- जैसे उनको पता चला, पुनीत सबसे मिल रहा था और दूसरी तरफ़ जानकी जी ने रहस्या से कहा- तुम बहुत परेशान लग रही हो फ़िक्र मत करो सुशीला जल्द ही ठीक होकर घर आ जायेंगी हाँ माँ मैं परेशान इस बात से नही हूँ बल्कि कोई और बात है जिसने चैन छीन लिया है, किसी का भरोसा टूट गया है मुझ पर से और मैंने भी नही सोचा था ऐसा दिन भी आएगा ज़िंदगी में,

पर हुआ क्या है बताओगी भी- जानकी जी ने कहा।

माँ पुनीत को सच पता चल गया है, मुझे डर इस बात का है कि कहीं मेरी और पुनीत की बातें माँ ने ना सुनी हो जिस वज़ह से वो यहाँ आ गयीं- रहस्या ने कहा,

ये तुम क्या कह रही हो रितु ऐसा कैसे हो गया, कहीं पुनीत को आराध्य....

जानकी जी का अचानक से बात करते- करते ख़ामोश हो जाने से रहस्या समझ गयी थी कि पुनीत पास ही है और आपनी साँसूमाँ के मुँह से आराध्य का नाम सुनकर "पुनीत के अंदर एक शक का बीज़ पनप गया और जो शक था वो यक़ीन बनने की कगार तक पहुँचने ही वाला है। जहां माँ के जैसा आदर था जानकी जी का वहीं अब एक प्रश्नचिन्ह लग गया उनकी ममता पर "ये दोनो माँ बेटी आख़िर क्या छुपा रहीं है, कौन से सच की बात हो रही है, मेरे आते ही जानकीजी चुप क्यों हो गयीं, आख़िर चल क्या रहा है? ऐसे ही हज़ारों प्रश्न पुनीत के ज़हन में कौंधने लगे "

पर सबकुछ परे रखकर पुनीत ने बोलने की शुरुआत की - डाक्टर ने बताया है माँ को होश आ गया है और अब वो खतरे से बाहर है हम उन्हें घर ले जा सकते है अब घर पर ही आराम करेंगी। "यह तो बहुत अच्छी बात है चलो माँ को घर ले चलते है आप भी साथ चलो माँ- रहस्या ने जानकी जी से आग्रह किया और पुनीत की हाँ ने उनसे भी हाँ करवा लिया" और तीनो सुशीलादेवी से मिलने उनके कमरे में पहुँचे, उन तीनो को देख उनका मन कुछ शांत हुआ। हल्की सी मुस्कान के साथ सुशीला जी कुछ कहना चाह रहीं थी पर पुनीत ने उनका हाथ थामकर कहा- "आप कुछ मत बोलो माँ बस आप आराम करो और डाक्टर ने आपको स्वस्थ घोषित कर दिया है सब हम घर के लिए निकलते है मैंने पूरा पेपर वर्क कर लिया है" पुनीत ने अपनी माँ को बताया और अब तीनो सुशीला देवी को अस्पताल से घर ले कर जाने लगे। पुनीत को अब घर जाने की जल्दी थी पर रहस्या को डर था की कहीं माँ के सामने पुनीत कुछ उल्टा-सीधा ना बोल दे पर

पुनीत और रहस्या के मन में एक-एक सवाल भी था एक-दूजे के लिए "ये आराध्य कौन है? पुनीत का प्रश्न और रहस्या का प्रश्न- "डाक्टर ने अचानक से माँ को घर जाने के लिए कैसे बोल दिया जबकि जब उन्हें अस्पताल लाए थे तब वो कम से कम दो दिन अस्पताल में रखने के लिए बोल रहे थे इतने जल्दी डिस्चार्ज क्यों कर दिया?

इन दोनो को ही अपने- अपने सवालों के जबाब चाहिए जानते है अगले अध्याय में क्या पुनीत और रहस्या को उनके सवालों के जबाब मिले या दोनो ने इन हालातों में चुप रहना चुना?

कुछ बाते अपने अन्दर भयंकर वाला "बवंडर"लेकर चलती है।
प्रतिज्ञा श्रीवास्तव

7

उत्तर की ख़ोज

जब दो लोगों के बीच में काँच की दीवार साफ़ दिखाई देने लगे तब समझ जाना चाहिए कि उसे तोड़ने के लिए एक छोटा सा पत्थर काफ़ी होगा। अस्पताल से घर आना और दोनो माँ लोगों के सामने बिना मन-मुटाव के बातें करना 'आसान तो ना था', दिमाग़ में चल रही बातों को परे रखकर हँसना 'आसान तो ना था',

सबको यह बताना कि सब ठीक है "ठीक ना होते हुए भी- 'आसान तो ना था" पर माँ का इस तरह से बीमार होना किसी उड़ते हुए पंछी का आकाश से अचानक नीचे गिर जाने जैसा था पर तसल्ली इस बात की थी कि सुशीला जी अब ठीक थी और जानकी जी के साथ रहकर और भी ज़्यादा हो गई थीं क्योंकि अब दोनो एक दूसरे के साथ बातें करते, अपनी ज़िन्दगी के अनुभव साँझा करते, बचपन की बातों में अपने आप को खोजते और यहीं कर करके दिन बीतने लगे।

कुछ दिन रहकर जानकी जी उनके घर चली गयीं और जाते- जाते अपनी बेटी को एक सलाह भी दे गयीं -"लोगों को बस उतना ही बताओ जितना उन्हें जानना चाहिए" और रहस्या ने भी इस सलाह पर अमल किया और सेकंड, मिनट, दिन, हफ़्ता और महीना बस यूँ ही निकल गया। जबसे सुशीला जी अस्पताल से घर आयी है तबसे रहस्या कमरे में और पुनीत हॉल में सोने लगे दोनो के दिमाग़ में बस एक ही नाम था "आराध्य"। पुनीत आराध्य के ध्यान में इस क़दर खोया कि उसे यह पता

ही नहीं चला- ना जाने कितनी ही रातें बस आराध्य और रहस्या के बारे में अनगिनत बुरे ख़्यालों से भरी है वो भी बिना नींद लिए, पर अब बर्दाश्त के बाहर हो गया वो सब जो अपनी माँ सुशीला जी के बारे में सोचकर चुप रह लेता था, ये सोचकर कि रहस्या कम से कम माँ का ध्यान तो रखती है, उनकी देखभाल करती है, घर सम्भालती है, स्कूल के काम देख लेती है, मेरे लिए इतना कुछ करती है और अब इन बातों का कोई मोल नहीं? काश बस एक बार मैं शादी के पहले रहस्या से बात कर लेता तो ज़्यादा सही रहता ना "पर अब क्या?" और अगर मुझे ये पता चल गया "ये आराध्य है कौन तो मैं क्या करूँगा? पर सच जाने बिना मैं सुकून से रह भी नहीं पाऊँगा। कितनी ही बार ये बार्तालाप करूँ ख़ुद से और हर बार बस एक सवाल और उसके अनगिनत जबाब" पर अब मुझे जबाब जानना ही होगा कैसे भी करके.

पुनीत के दिमाग़ की उथल- पुथल उसकी ज़िन्दगी में साफ़ नज़र आने लगी थी, देर रात घर लौटना और कई बार तो स्कूल के ऑफ़िस में सो जाना, खाना ना खाना और अगर कुछ खाना भी तो घंटो लगा देना, स्कूल के काम में देर करना या बस सोफ़े पर लेटें हुए पंखे को घंटो निहारते रहना अब तो आँखो के नीचे की जगह अब काले घेरो ने ले ख़रीद ली और पुनीत को इस हालत में देख रहस्या की ज़िन्दगी में फिरसे दुःखों की बहार आने लगी. कितनी मुद्दतों के बाद उसकी ज़िन्दगी में ख़ुशियाँ आई थीं जो ज़्यादा दिनो तक टिकी ही नहीं. रहस्या ने कई बार बात करने की कोशिश की पुनीत से और सोचा भी कि सच बता दूँ पर पुनीत रहस्या की पहुँच से इतना दूर रहने लगा कि जब तक वो ना चाहे उससे कोई बात तक नही कर सकता।

पुनीत के इस व्यवहार का सुशीला देवी और जानकी जी की दोस्ती पर गहरा प्रभाव पड़ने लगा दोनो इस बात से चिंतित थीं- "अचानक से क्या हुआ ऐसा कि पुनीत जहाँ एक पल के लिए रहस्या से दूर नहीं जाना चाहता था अब वो उसके पास दिखना भी नहीं चाहता आख़िर बात क्या है जो किसी को भी नहीं पता?"

बस सबकी ज़िन्दगी यूँ ही कट रहीं थी कि एक दिन एक ही घर में चारों के होते हुए एक सन्नाटा पसरा हुआ था, सब लोग पुनीत के घर के

हॉल में जमा हुए थे और दिल ही दिल में चाहते थे कि सब लोगों के बीच फिरसे बात हो पर "बात किस बारे में करे?" ये एक बड़ा सवाल था। सबके अन्दर अलग- अलग प्रकार से युद्ध छिड़ा हुआ था और बाहर मौन पसरा था, फिर सुशीला जी ने माँ होने का फ़र्ज़ निभाने की ठान ली और बोलने के लिए अपने उम्रदराज़ होंठों को खोलकर बोला

सुशीला जी पुनीत से- बेटा पुनीत

पुनीत- हाँ माँ.

सुशीला जी- स्कूल का काम कैसा चल रहा है?

पुनीत- अच्छा चल रहा है, वैसे ही जैसे चलता है।

सुशीला जी- अब तो रहस्या को भी चलना चाहिए स्कूल, अब तो मैं बिल्कुल ठीक हूँ।

रहस्या - नहीं माँ, अभी कुछ दिन और आप आराम करे, उसके बाद अपन दोनो साथ में स्कूल चलेंगे।

जानकी जी- सुशीला वैसे रहस्या ठीक कह रही है अभी तुम्हें आराम करना चाहिए, काम का क्या है वो तो पुनीत बेटा बहुत अच्छे से सम्भाल रहा है।

पुनीत- हाँ माँ, सब लोग ठीक कह रहे है आप कुछ दिन और आराम करो.

सुशीला जी- ठीक है, जैसा तुम सब बोलो.

जानकी जी- रहस्या तुमने आज खाने में क्या बना रही हो, चलो मैं मदद कर देती हूँ।

रहस्या- हाँ माँ, चलिए।

(रहस्या और जानकी जी हॉल से किचन में चली गयीं सुशीला देवी और पुनीत को हॉल में अकेला छोड़कर, शायद अब सुशीला जी जिस मौक़े के इंतज़ार में थी वो उन्हें मिल ही गया)

सुशीला देवी- बेटा पुनीत, आजकल तुम रात में घर नहीं आते कोई बात है क्या?

पुनीत- नहीं माँ, स्कूल में काम थोड़ा सा ज़्यादा है, आप दोनो घर पर हो तो आपका काम भी देखना रहता है बस इसलिए...

सुशीला देवी- पर बेटा...

सुशीला देवी कुछ बोलने का प्रयास कर ही रहीं थीं कि अचानक दरवाज़े की घण्टी बजी और फिर सुशीला जी के फ़र्ज़ पर अल्पविराम लग गया। "आप लोग बैठिए मैं खोलती हूँ- रहस्या ने किचन से आते हुए ग्रहस्वामिनी होने के नाते दरवाज़ा खोला"

रहस्या - पुलिस (रहस्या ने चौंककर कहा) जी कहिए, मैं आपकी क्या मदद कर सकती हूँ?

(हॉल में सभी लोगों के कान दरवाज़े पर अटक गए और जानकी जी किचन में से बाहर आ गईं जब उन लोगो ने "पुलिस" शब्द सुना और सब दरवाज़े की तरफ़ भागे)

सबकी आँखे इस पुलिसवाले से सवाल कर रहीं थीं -

कौन है ये?

ये पुलिस यहाँ पर क्यों आई है?

क्या चाहिए इसे?

किसने बुलाया है?

क्या वज़ह हो सकती है?

कहीं पुनीत ने कुछ ग़लत कदम तो नहीं उठा लिया?

पर पुनीत शांत खड़ा था उस पुलिसवाले को देख एक अजीब सी मुस्कान लिए उसके सामने हाथ बढ़ाया और उस अज़नवी ने भी पुनीत से हाथ मिलाकर उसका अभिवादन स्वीकार किया। सुशीला देवी, जानकी जी और रहस्या चुप चाप दरवाज़े पर खड़े इन दोनो को बस देखकर मन ही मन अपने सवालों के जबाब भी दे रहे थे पर पुनीत...

उसके दिमाग़ में बस एक ही बात आई- अब मैं अपने <u>"उतर की खोज"</u> शुरू कर सकता हूँ ।

आखिर कौन था ये अज़नवी जिसके आने से पुनीत को "एक ठोस कदम उठाने का हौसला मिला"

क्यों उसको देखते ही पुनीत ने राहत की साँस ली? क्या पुनीत इस पुलिसवाले को जानता है? कौन है ये शख़्स जो इन चारों की ज़िन्दगी में तूफान लाने वाला था? इस उलझी हुई गुत्थी को अगले अध्याय में सुलझायेंगे...

हर एक शख़्स एक चिंगारी लिए बैठा है, या तो उस "चिंगारी" से वो आपको जलायेगा या आपके अपनो को।

प्रतिज्ञा श्रीवास्तव

8

"उम्मीद की किरण" की परख

जब लोगों को किसी बात को लेकर शिकायत रहती है तो वो बस एक ख़ास मौक़े का इंतेज़ार करते है "आपको पूरी तरह से बर्बाद करने के लिए" पुनीत को भी एक वज़ह मिल गयी थी वो शख़्स जो खुद चलकर उसके दरवाज़े तक आया, जिसके आते ही पुनीत को "उम्मीद की किरण" नज़र आई उसकी अंधेरी ज़िन्दगी में।

दरवाज़े पर सबके सामने उस पुलिसवाले से हाथ मिलाने के बाद पुनीत ने बस एक सवाल पूछा- घर ढूँढने में कोई दिक़्क़त तो नहीं हुई IPS आकाश सिंह?

आकाश- अरे तुमने तो पहचान लिया पुनीत मुझे लगा तुमको याद भी नहीं होगा।

पुनीत- हाँ मैं तुम्हें पहचान नहीं पाता पर मैंने तुम्हें बचपन में क्रिकेट बेट से इस तरह मारा था कि वो निशान अब भी है।

आकाश- हाँ हो भी क्यों ना बारह टाँके जो आए थे।

और दोनो ठहाके मारकर हँसने लगे फिर याद आया सब इस पुलिस वाले का परिचय जानने के लिए उत्सुक थे. पुनीत ने आगे बढ़ते हुए आकाश का परिचय दिया- माँ ये वही आकाश है जिसको मैंने 10th क्लास में बेट से मारा था, ये वहीं है जिसकी वज़ह से आपने मुझे पूरे एक महीने

तक क्रिकेट नहीं खेलने दिया था. अच्छा ये तो आकाश है ना हमारे स्कूल का टॉपर- सुशीला जी ने कहा

जी मेम बोलकर आकाश ने उसकी स्कूल की प्रिन्सिपल सुशीला जी और जानकी जी के पैर छूँए पर रहस्या थोड़ा डरी सहमी सी कोने में खड़ी थी जिसका परिचय पुनीत ने आकाश को दिया "ये रहस्या है" (बस इतना ही परिचय दिया रहस्या का) और आकाश ने दोनो हाथ जोड़ नमस्ते किया. सुशीला जी ने आकाश को अंदर आने को कहा और सब लोग दरवाज़े से हटकर हॉल में आ गए।मैं सबके लिए चाय नाश्ता लाती हूँ बोलकर रहस्या किचन में चली गयी और हॉल में बातो का सिलसिला आगे बढ़ा.

बेटा तुम्हें इस यूनिफ़ोर्म में देखकर गर्व हो रहा है, कब जॉइन किया तुमने- सुशीला जी ने पूछा। जी मेम मैंने अभी दो साल पहले ही जॉइन किया इसके पहले मैं एक संस्था के साथ जुड़ा था जो गरीब बच्चों को फ़्री में शिक्षा देता है वहाँ के बच्चों से मिलकर लगा अगर कुछ बदलना है तो पहले "कुछ बनाना होगा" जिसके बाद रास्ते आसान हो- आकाश ने कहा.

ये तो बहुत अच्छी बात है- सुशीला जी ने कहा.

आकाश की बाते सुनकर जानकी जी और सुशीला जी बहुत प्रभावित हुए पर पुनीत नहीं उसने पूछा- तो तुम्हारा यहाँ आना कैसे हुआ काफ़ी वक़्त के बाद?

आकाश- हाँ एक केस के सिलसिले में मैं यहाँ आया हूँ जब तक वो सॉल्व नहीं होता तब तक तो मैं यहीं हूँ।

इतने में रसोई घर में से रहस्या निकल कर आई सबके लिए हाथ में चाय और पकौडे की प्लेट लिए, टेबल पर रखकर रहस्या रसोई में फिर चली गयी क्योंकि रात का खाना आकाश इसी घर में खाने वाला था. शादी के बाद यह पहली बार था जब घर में कोई मेहमान आया था, इसलिए रहस्या को तैयारी भी तो ख़ास करनी थी।

पुनीत- "चल आज मैं तुझे अपना घर दिखाता हूँ" तू पहली बार घर आया है ना तो.

आकाश- हाँ बाक़ी हर वक़्त बस दूर से देखा था कि तुम यहाँ रहते हो और यह प्रिन्सिपल मैम का घर है पर अंदर से बहुत ख़ूबसूरत लग रहा है, जितना सोचा था उससे ज़्यादा।

पुनीत- अच्छा, तो तुम मेरे बारे में सोचते भी थे?

आकाश- सोचता.. अरे मैं तो जलता था, एक तो दूसरा सबसे शानदार बांग्ला तेरा ही है इस पूरे टाउन में और ऊपर से तुम ठहरे प्रिन्सिपल मैम के बेटे तो कुछ ज़्यादा ही सपोर्ट मिलता था तुमको..।

पुनीत- मतलब तुम जलते थे मुझसे, यह जानकर ख़ुशी हुई।

दोनो हँसते हुए मज़ाक़ कर रहे थे आकाश और पुनीत दोनो पूरे घर में घूमने के बाद छत पर जाकर बैठ गए जहां उसने आकाश को टटोलना शुरू किया "इसपर भरोसा करके मैं इसे अपनी बातें बता तो सकता हूँ ना? ये किसी और को कुछ बोलेगा तो नहीं? क्या ये सच में मेरे स्कूल वाला आकाश ही है ना? इन सवालों के जबाब पुनीत को पता होना बहुत ज़रूरी है तभी तो आगे के बारे में पुनीत आकाश से बात करेगा, पर बातों-बातों में पुनीत ने ये समझ लिया कि "हाँ ज़िन्दगी में बहुत कुछ बदल जाता है पर पुराने दोस्त नहीं"

अब अकेले में दोनो की बातें शुरू हुई वैसे ही जैसे बचपन में होती थी, साथ में बैठ कुछ पुराने दोस्तों की याद आई, कुछ लड़कियों की जो अब शादी करके खुश है अपनी ज़िन्दगी जी रहीं है ख़ासकर उन लड़कियों की जिनको ये दोनो पसंद करते थे।

तुझे तन्वी त्रिपाठी याद है पुनीत - आकाश ने पूछा।

हाँ वही तन्वी ना जिसके चक्कर में तू अक्सर खेलने नहीं आता था क्योंकि उसी समय वो कोचिंग पढ़ने जाती थी (और दोनो खिलखिलाकर हँस दिए) - पुनीत

आकाश ने कहा हाँ बेटा वही तन्वी, अब वो तेरी भाभी बनने वाली है और मेडम IAS है।

क्या बात कर रहा है तन्वी IAS है ये तो बहुत अच्छी बात है पर उसने तुझे हाँ कैसे कर दी- हँसते हुए पुनीत ने कहा।

कर दी अपन कौन सा मामूली इंसान है - आकाश ने कहा

पुनीत- अच्छी बात है, तन्वी को इस टाउन से गए काफ़ी समय हो गया है मुझे तो उसका चेहरा भी ध्यान नहीं है.

आकाश- हाँ, समय तो मुझे गए हुए भी काफ़ी हो गया था पर यहाँ वापस आकर लगता ही नहीं जैसे मैं सालो बाद यहाँ आया हूँ, सब कुछ वैसा ही तो है यार... यहाँ तो कुछ भी नहीं बदला.

पुनीत ने कहा- हाँ ये तो सच बात है, मुझे तो सालो हो गए है देखते हुए, सब लोग बहुत शांतिप्रिय, सुलझे हुए लोग है.

आकाश- हाँ और ऐसा ही होना भी चाहिए, क्या रखा है लड़ाई झगड़े में।

पुनीत- देखो तो सही, बोल कौन रहा है.

आकाश- ताने मारना बंद नहीं करोगे तुम(ज़ोर से हँसते हुए)

हाँ ये तो है ...तो शादी कब है- पुनीत का प्रश्न

अभी तारीख़ तय नहीं हुई बस शादी तय हुई है अब देखो कब तक होती है- आकाश का जबाब, तूने कब शादी कर ली?

पुनीत ने हल्की सी मुस्कान लिए बताया- अभी बस दो- तीन महीने ही हुए है.

सच में, अच्छी बात है ये तो- आकाश ने कहा

पुनीत ने भी हामी भर दी.

भाई बचपन में जो कुछ भी हुआ वो नहीं होना चाहिए था और उसके लिए मुझे बहुत बुरा महसूस हुआ - पुनीत ने कहा

कोई बात नही वो सब बचपन था जो गया सो गया मिट्टी डालो पुरानी बातों पर

आकाश ने कहा

दोनो थोड़ी देर ख़ामोश रहे कि इस ख़ामोशी को चीरती हुई सुशीला जी की आवाज़- बेटा आ जाओ खाना लग गया है टेबल पर फिर दोनो दोस्त खाने की टेबल पर बैठे सभी लोग साथ में थे और आकाश, पुनीत का इंतेज़ार कर रहे थे सिवाय रहस्या के जो किचन में गरम- गरम पुरियाँ निकालने में व्यस्त थी. सबकी थाली टेबल पर लग चुकी थी और सबने भोजन ग्रहण करना शुरू किया पर जानकी और सुशीला जी की सवालिया निगाहे पुनीत की तरफ़ थीं कि "कहीं तुमने आकाश को कुछ

बताया तो नहीं?” और पुनीत ने बस इतनी तसल्ली दी “अभी परख हो रही है मेरी इस ‘उम्मीद की किरण’ की.” ।

अगले अध्याय में जानेंगे क्या आकाश पुनीत की उम्मीदों पर खरा उतरा? क्या पुनीत ने आकाश को सब सच बता दिया? क्या पुनीत सालो बाद मिलने वाले दोस्त पर इतने जल्दी भरोसा कर लेगा या पुनीत सोचेगा “जैसा चल रहा है वैसा चलने दो”?

आप चाहे कितनी भी कोशिश कर लो, आपकी “ज़िन्दगीकीडोर”एक वक़्त के बाद आपके हाथ में नहीं रहती.
प्रतिज्ञा श्रीवास्तव

9

निरुत्तर भी एक उत्तर

हरशख़्स की ज़िन्दगी का एक ऐसा सच जिसे वो चाहकर भी बदल नहीं सकता पर पुनीत की ज़िन्दगी में वो सच पुनीत ख़ुद नहीं बदलना चाहता. सबकी ज़िन्दगी की वो कहानी "जो हर कहानी को पूरा करके भी अधूरा बना रही थी" अब इन सबकी पहचान बन गई, एक सच्चाई सबकी दिनचर्या में शामिल हो गई और ज़िन्दगी वैसे ही चलने लगी थी पर तब तक- जब तक आकाश नाम का तूफ़ान पुनीत के घर में "डूबते को तिनके का सहारा बनकर नहीं आया". पुनीत की ज़िन्दगी की वो रोशनी जो उसकी ज़िन्दगी को रोशन भी कर सकती है और आग से दहला भी सकती है क्योंकि आकाश की पहुँच में वो सब कुछ है जो पुनीत को चाहिए।

पुनीत अब आकाश से कभी- जभी मिल लेता, किसी भी बहाने से या तो कभी चाय पर या कभी साथ में दोपहर के खाना पर और ऐसे ही बातों-बातों में काफ़ी जानकारी जुटा ली पुनीत ने आकाश के काम से और एक दिन ऐसे ही एक रेस्तराँ में खाना खाते समय-

पुनीत- यार यहाँ का खाना मुझे बहुत पसंद है मैं अक्सर ही यहाँ खाना खाने आता रहता था एक दोस्त के साथ।

आकाश- हाँ, मुझे भी यहाँ का खाना पसंद आया वरना मैं बाहर भोजन बहुत कम ही करता हूँ।

पुनीत- तो खाना कहाँ खाते हो रोज़?

आकाश- एक ताई आती है अंजु नाम की खाना बनाने जब तक शादी नहीं होती फिर तो मेरे घर की ज़िम्मेदारी "गृहस्वामिनी" जी सम्भालेंगी। (और दोनो हँसने लगे)

पुनीत- सही कहा तूने, ये बता तेरे अंदर में पूरा शहर आता है?

आकाश- शहर नहीं, पूरा स्टेट आता है और बाक़ी मेरे भी कुछ दोस्त बन गए है नौकरी करते समय तो बस कुछ भी ज़रूरत रहती है तो आराम से हो जाता है सब.

पुनीत- ये तो बहुत अच्छी बात है, तो तू किसी को भी ढूँढ सकता है जिसे मैं बोलूँ?

आकाश- हाँ बेशक.

पुनीत- तो ठीक है तू मेरे उस दोस्त को ढूँढकर बता जिसके साथ मैं यहाँ अक्सर आता था खाना खाने।

आकाश- ठीक है, उसके बारे में पूरी जानकारी दो फिर देखो.

पुनीत- यार जानकारी के नाम पर मुझे बस उसका नाम याद है "आराध्य" (यह नाम सुनकर आकाश थोड़ा सोच में पड़ गया) बाक़ी और कुछ भी नहीं क्योंकि ये बहुत साल पहले की बात है. तुझे वो भूत बंगला याद है जहां अपने घर वाले जाने के लिए मना करते थे?

आकाश- हाँ अच्छे से याद है क्योंकि अपनी बॉल खलते समय वहाँ कई बार गयी है तब भी अपन लोग वहाँ नहीं जाते थे.

पुनीत- हाँ, उसके ठीक सामने मिश्राजी का घर था ना जिनका बड़ा बेटा अपना सीनियर था.

आकाश- हाँ बाबा कहना क्या है तुझे, जबसे बाते घुमा रहा है?

पुनीत- अरे मैं ये बोलना चाहता हूँ कि वो लोग वहाँ रहते थे।

आकाश- हाँ ठीक है ऐसा बोल ना घुमा दिया इतना।

पुनीत और आकाश की ये बातें और भी गहरी होती इसके पहले ही पुनीत के स्कूल से कॉल आ गया, उसे एक मीटिंग के सिलसिले में स्कूल के टीचर्स से मिलना था तो पुनीत आकाश से विदा लेकर दोबारा से मिलने का वादा लेकर उस रेस्तराँ से निकल गया। आकाश ने भी बिल मँगाया और पैसे देकर वहाँ से रवाना हुआ. आकाश के ऑफिस तक दो रास्ते जातें है एक पक्की सड़क जो कि शहर के बीच से गुज़रती है और

दूसरी है वो गुमनाम गली (जिसका कोई नाम नही पर उसे गुमनाम गली बोलते है) जो सुनसान कच्चे रास्ते से जाती है, अभी दिन का समय है और बचपन से इस रास्ते से कम ही जाना होता था चलो आज देखते है कितना बदल गया है- ऐसा सोचकर आकाश उस रास्ते पर गाड़ी लेकर निकल पड़ा. एक पूरी ज़िन्दगी के बाद आकाश का इस रास्ते पर आना हुआ- हाँ कुछ चीज़े बिल्कुल नही बदली जैसे वो पेड़ जो रास्ते के ठीक बीच में था जिसकी वजह से यहाँ रास्ता नही बनाने दिया और वो पत्थर जिसपर कुछ आशिक़ों ने अपने नाम के साथ अपने प्रेमी का नाम भी अमिट कर दिया, ये एक संकरा सा रास्ता जो जंगल की तरफ़ ले जाता है अक्सर इन्ही रास्तों पर गाय, भेड़, हिरण, मोर और भी जानवर नज़र आ जाते जिन्हें देखने के लिए घंटो इंतेज़ार करते थे पुनीत और मैं, और ये रहे वो घर जो शांति प्रिय लोगों ने शहर के शोर से दूर बसाए थे ताकि वो और उनके घर के जानवर आराम से जंगल के सहारे गुज़र-बसर कर सके,

थोड़ी दूर आराम से गाड़ी दौड़ाने के बाद आकाश एक घर के सामने रुक गया- क्या ये वहीं मिश्राजी का घर है जिसके बारे में पुनीत ने बताया था, शायद हाँ क्योंकि इस घर के पास ही वह भूतिया घर है. अरे ये भूतिया घर तो किसी ने ख़रीद लिया है, पर किसने ख़रीदा होगा? ख़ैर मुझे क्या, और ऐसा बोलकर आकाश ने मिश्राजी के घर के सामने अपनी कार रोक दी और उतर गया. घर के आसपास कोई नज़र तो नहीं आ रहा पर रस्सी पर सूखते हुए कपड़े बता रहें है कि यहाँ कोई रहता है. कोई है? आकाश ने आवाज़ लगाई पर किसी का कोई ज़बाब ना मिलने की वजह से आकाश घर के मुख्य द्वार पर पहुँचकर दरवाज़ा खटखटाया, इस बार अंदर से एक स्त्री बाहर आई- जी कहिए (एक जवान शख़्स को घर के बाहर देख और पुलिस की गाड़ी देख उस स्त्री का घबराना लाज़मी था)

नमस्ते मेरा नाम आकाश है, आकाश ने परिचय दिया ही था कि अंदर से एक अधेड़ उम्र की महिला बाहर आई, "कौन हो आप बेटा और हमसे क्या काम है?" उस अधेड़ उम्र की महिला ने आकाश से सवाल किए, जिसके आधे बाल सफ़ेद और आधे अभी भी काले थे, चेहरे को झुर्रियों ने घेर लिया और आँखो को उमर के चश्मे ने। आकाश ने बात आगे बढ़ाई-

जी माँ जी मैं IPS आकाश सिंह अभी कुछ दिन पहले ही यहाँ पोस्टिंग हुई है पर बचपन मेरा यहीं गुज़रा है. अच्छा बेटा- उस अधेड़ उम्र की महिला ने बोला. बात को आगे बढ़ाते हुए आकाश ने बताया - जी वो आगे आम की बगिया में पहले जो सिंह लोग रहते थे मैं उन्ही का बेटा हूँ, आकाश ने अपनी बात पूरी की।

अरे तो आप उनके बेटे है हाँ उनके यहाँ से कई बार आम हमारे घर आए थे और अब तो वहाँ कोई नहीं रहता जबसे खाली है वो घर- उस अधेड़ उम्र की महिला ने बताया। नही माँ जी जबसे मेरी पोस्टिंग यहाँ हुई है तबसे मैं उसी घर में रह रहा हूँ- आकाश ने बताया। अच्छी बात है बेटा वो क्या है ना घर में बस हम दो औरतें ही है इसलिए हम तुम्हें अंदर नही बुला सकते माफ़ करना इसके लिए- महिला ने बड़े प्यार से नर्म लफ़्ज़ों में आकाश को बोला। जी माँ जी मैं समझ सकता हूँ पर माँजी मेरे कुछ सवाल है जो मुझे आपसे एक केस के सिलसिले में पूछने है- आकाश ने अपने मन की बात उस अधेड़ उम्र की महिला को बताई।

हाँ क्यों नही, बोलकर उस महिला ने आकाश को घर के बाहर सीढ़ियों पर दरी बिछाते हुए बोला बैठो बेटा और अपनी बहू को आवाज़ लगाई अंजना चाय नाश्ता ले आ। नहीं माँ जी इसकी कोई ज़रूरत नही आप बस बैठ जाइए परेशान मत होइये, बिना समय को बर्बाद किए आकाश ने कहा- माँ जी आपके यहाँ कुछ सालो पहले किरायेदार रहते थे जिनके बेटे का नाम "आराध्य" था और शायद ये आराध्य उनका इकलौता बेटा था?

देखो बेटा यहाँ रहने को तो बहुत लोग नहीं आते क्योंकि यह घर वीराने में पड़ जाता है जिसकी वज़ह से कम लोग ही रहे है या यूँ कहूँ गिनती के तीन लोग किराए से रहे यहाँ, पर ऐसा तो मुझे कोई याद नही जिनके बेटे का नाम "आराध्य" हो- महिला ने कहा. नही माँ जी याद करिए कोई तो आया होगा यहाँ जिसके बेटे का नाम आराध्य हो- आकाश ने ज़ोर देकर पूछा। नही मुझे अच्छे से याद है हमारे यहाँ जो पहले किराए से रहने आए थे वो नई-नई शादी करके आए थे उनके बच्चे नहीं थे, दूसरे किरायेदार के बच्चे की शादी हो गयी थी पर उनकी एक ही लड़की थी फिर उन्होंने घर बनवा लिया था और वहीं रहने लगे- महिला ने बताया.

अब आकाश की साँसे और दिमाग़ दोनो ने रफ़्तार पकड़ ली और माँजी तीसरे वाले किरायेदार का क्या? आकाश ने उत्सुकता से पूछा. हाँ वो तीसरे किरायेदार के बच्चे यहीं आकर हुए थे जिनमे से बेटा जो था वो तीन साल का और बेटी छः साल की थी अब तो वो दोनो स्कूल जाने लगे होंगे पर उनका नाम दीक्षा और दिव्यांश था आराध्य नहीं- महिला ने बताया। अब आकाश का दिमाग़ सवालों के घेरे में था 'ऐसा कैसे हो सकता है कि यहाँ आराध्य नाम का कोई कभी रहा ही नही?' 'क्या पुनीत ने घर ग़लत बताया था?' 'पर घर तो उसने यहीं बोला था ना?' 'पुनीत ने क्या मुझसे झूठ बोला?' 'अगर झूठ बोला भी तो क्यों?' 'ये आराध्य कौन है जिसके बारे में पुनीत जानना चाहता है?'

जी माँ जी आपका क़ीमती समय देने का शुक्रिया अब मैं चलता हूँ और ऐसा बोलकर आकाश ने उस अधेड़ उम्र की महिला के सामने हाथ जोड़ नमस्ते किया और अपनी गाड़ी की तरफ़ चल दिया दिल दिमाग़ में बस एक बात लेकर "हज़ारों उतर पाकर भी मैं 'निरुत्तर' रह गया" ।

क्या आकाश पुनीत के झूठ को पहचान पायेगा?

क्या आकाश पुनीत से इस बारे में खुल कर बात करेगा?

क्या आकाश उसका पुलिस वाला दिमाग़ चला कर पुनीत से कुछ ना पूछकर बातों बातों में "**सच उगलवा पायेगा** " अब क्या होगा आगे जानेंगे अगले अध्याय में...।

एक सवाल के 'सौ जवाब' होते है, पर उन सौ जवाबों के भी
"**हज़ारसवाल**" बन सकते है।
प्रतिज्ञा श्रीवास्तव

10

भरोसे का उठना

जब हाथ में सबकुछ होते हुए भी हाथ ख़ाली रह जाए, तब समझ जाना चाहिए "रेत हो या पानी वक़्त के आगे कुछ नहीं ठहरता" और यहीं से शुरुआत होती है सच्चाई की कहानी की. आकाश का आराध्य को खोजने का काम जो पुनीत ने दिया था उसकी नींव कुछ डगमगा गयी थी और इधर- उधर से कुछ पता करने से बेहतर आकाश ने दोस्ती का फ़र्ज़ निभाना ज़रूरी समझा और निकल गया पुनीत पर "सवालों की बौछार करने" आकाश के दिमाग़ में पूरी रूपरेखा तैयार थी कि पुनीत को किस तरह से जाल में फ़साना है। रात के 2:30 बज रहे थे पर आकाश की आँखो से नींद कोसो दूर थीं और जब व्यक्ति को नींद नहीं आती तब उसके दिमाग़ में सवालों की झड़ी लग जाती है-

* क्या पुनीत ने मुझसे झूठ बोला, पर क्यों?
* कौन है ये आराध्य?
* पुनीत इसके बारे में क्यों जानना चाहता है?
* अगर पुनीत आराध्य के बारे में जानना चाहता है तो उसने मुझे ग़लत घर क्यों बताया?
* हो सकता है उसे खुद ये ना पता हो कि आराध्य उस घर में नहीं रहता।

- अगर पुनीत उसके साथ इतना घुला- मिला था तो उसे ये कैसे नहीं पता कि आराध्य रहता कहां है?
- क्या आराध्य ने पुनीत से झूठ बोला?
- इन दोनो के बीच रिश्ता क्या है?
- या ये दोनो लोग मेरे साथ कोई मज़ाक़ कर रहें हैं?
- आख़िर बात क्या हो सकती है?

आकाश के दिमाग़ ने उसे ज़रा सा भी आराम नहीं करने दिया रात-भर की इस उधेड़-बुन में कब "खिड़की से सूर्य की पहली सुनहरी किरण ने दस्तक दी" पता ही नहीं चला. आज काफ़ी सालो बाद आकाश ने सुबह की पहली किरण के साथ ज़मीं पर क़दम रखा और सोचा- आज मैं समय से पहले ही दौड़ने चला जाता हूँ नींद तो वैसे भी नहीं आना है. अपना ट्रेक सूट पहन, सायकल निकाल, हेलमेट लगाकर आकाश वहीं जंगल के रास्ते पर निकल पड़ा। सुबह की ताज़ी ठंडी हवा साँसो के सहारे दिल दिमाग़ में बस रही थी, आँखो के सामने जो हरियाली थी उससे मन को एक अलग ही सुकून की अनुभूति हो रही थी, रास्ते के दोनो तरफ़ जंगल हरा घना जिसमें से सूरज की रोशनी जगह बनाने की जद्दोहत करती हुई चारों ओर रोशनी फैला रही थी. आकाश अपनी सायकल से पहाड़ के उस छोर जाना चाह रहा था 'जहाँ वह अक्सर जाता था जब परेशान होता या दुनिया से छिपना होता' क्योंकि उस जगह एक सुकून होता है, शान्ति मिलती है और अपनापन का अनुभव होता है।

आकाश को यहाँ पहुँचे बस दो सेकण्ड ही हुये और दूर से उसे एक व्यक्ति उसकी ख़ास जगह पर बैठा नज़र आया, आकाश की सायकल की आहट से शायद उस व्यक्ति का ध्यान टूटा और वो व्यक्ति पलटा- तुम यहाँ, इस वक्त?

हाँ मैं यहाँ पर मैंने कभी सोचा नहीं था कि तुमसे इस समय यहाँ मुलाक़ात होगी पुनीत

और तुम तो भाई सुबह देर से उठते थे शादी के बाद से सुधर गए हो क्या? (आकाश ने पुनीत को ताना मारा पर बहुत प्यार से)

ऐसा ही कुछ समझ लो, पर तुम यहाँ तभी आते हो जब परेशान होते हो, किसी बात को लेकर परेशान हो क्या, रात में सोये नही हो लगता है आँखे भी लाल हो रखी है कोई बात है क्या? पुनीत ने पूँछा।

हाँ जब दोस्त झूठ बोलने लगे तब नीन्द कहा से आयेंगी- आकाश ने कहा

ओह तो ये बात है, तुमने आराध्य के बारे में पता किया और वो वहाँ नही मिला- पुनीत कि शब्द.

जब तुझे पता था वो वहाँ नहीं रहता तो मुझे वहाँ भेजा ही क्यों, परेशान करने के लिए ना, तुझे पता है ना मेरा दिमाग़ कितना शक करता है फिर भी झूठ बोला? - आकाश ने सवाल दागा

मैं बस ये जानना चाहता था कि तू सच में कुछ करता है या नही- पुनीत ने कहा

तो, तुमने मुझसे कुछ कहा और मैं नहीं करता ये क्या बात होती है, रात भर पता नहीं क्या- क्या चला दिमाग़ में तू सोच भी नही सकता।- आकाश ने बताया.

हाँ, समझ सकता हूँ जो तुमने एक रात झेला है मैं उसे हर रात झेल रहा हूँ मैं शायद ही कभी सोया हूँ रात में, मुझे अब नीन्द नही आती आकाश- पुनीत के शब्द जिनमे दर्द भी था

ऐसा क्या हो गया है पुनीत बताओ मुझे हम मिलकर सब ठीक कर देंगे और कौन है ये आराध्य जिसने तुम्हारी नीन्द तुमसे छीन ली?- आकाश के शब्दों में अब गुस्से की जगह चिंता ने ले ली.

पहले तुम वादा करो "हम दोनो के बीच की बातें हम दोनो के बीच ही रहेंगी हर हाल में"- पुनीत की बातें

हाँ मैं वादा करता हूँ- आकाश ने वादा किया

मैं नहीं जानता आराध्य कौन है, पर इस आराध्य का रहस्या के साथ कुछ तो संबंध तो है क्योंकि रहस्या अपने सपने में आराध्य का नाम लेती है, ना सिर्फ सपनो में हर उस फार्म में जहां रहस्या उसका परिचय देती है वहाँ आराध्य का नाम ज़रूर से लिखती है, उसके मुँह से मैंने कभी आराध्य नाम नहीं सुना(जागते वक़्त) पर उसकी डायरी में हर पेज़ पर उस शख़्स का ज़िक्र है यहाँ तक कि हमारे शादी के सर्टिफिकेट में मेरी

जगह आराध्य का नाम लिखा है मैंने हर जगह तलाशी ली घर में, उसके पुराने घर में कहीं भी उस शख़्स की तस्वीर नही मिली और जब मैंने उससे इस बारे में पूँछा तो वो इस कदर चुप थी जैसे मैंने उसकी चोरी पकड़ ली हो,

मुझे बस ये पता करना है कि

कौन है ये आराध्य और क्या रिश्ता है इसका रहस्या के साथ?

क्या वो दोनो अब भी साथ है?

क्या रहस्या मुझे धोखा दे रही है?

और अगर ऐसा कुछ नहीं है तो वो चुप क्यों है मुझे सच क्यों नहीं बता रही?

मेरे पास बहुत से सवाल है पर जबाब किसी एक का भी नहीं, मैं सबकुछ जानना चाहता हूँ और कुछ जानने में डर भी लग रहा है.

आकाश तुम मेरा साथ दोग़े ना आराध्य के बारे में पता करने में क्योंकि "अबसे मेरी ज़िन्दगी की खुशियों की डोर तुम्हारे हाथ में है, मेरा अब सब लोगों से भरोसा उठ गया है" और ऐसा बोलकर पुनीत की आँखो से आँसू बह निकले और आकाश जड़ हो गया वहाँ जहां वह अपनी परेशानियाँ भुलाने अक्सर आता था।

तूफान आता है और अपने साथ सब-कुछ ले जाता है सिवाय दुःख, दर्द और "तकलीफ़" के।

प्रतिज्ञा श्रीवास्तव

11

तलाश की शुरुआत

वक़्त की "दरकार" है सब्र करना पर यह 'सब्र' सबके नसीब में नहीं, यहीं फ़लसफ़ा है पुनीत, आकाश, रहस्या और आराध्य की कहानी का. हर शख़्स की हरसंभव परीक्षा ली जा रही है और उम्मीद... सिर्फ़ उत्तीर्ण होने की नही "खरा उतरने की भी है" जो इन चारों में से कोई एक ही कर सकता है क्योंकि इस "अस्तित्व के युद्ध" में सभी की हार है और सभी की जीत....

पुनीत के सच ने आकाश को बुरी तरह झकझोर दिया, ज़िन्दगी का आधार बनती है शादी और यहाँ यह आधार ही खोखला है वह भी सिर्फ़ शादी के कुछ ही दिनो के बाद...ये कैसा मज़ाक़ है ज़िन्दगी...? अनगिनत सवाल जिनका जवाब किसी को नहीं पता।

क्या शादी के पहले पुनीत ने रहस्या से बात नहीं की थी और अगर की थी तो ऐसा कुछ पूछा क्यों नही था?

हो सकता है पूछा हो पर रहस्या ने झूठ बोल दिया हो या छिपा ली हो ये बात?

पर सबसे बड़ा सवाल यह है कि "आराध्य कौन है और कहाँ है?" मैं पुनीत से ज़्यादा सवाल कर भी नहीं सकता वो बहुत परेशान जो है, पर कोई बात नहीं एक दोस्त होने के नाते मैं हर सम्भव प्रयास करूँगा- आकाश के दिल- दिमाग़ में चल रही हलचल को रोकने का प्रयास कर पुनीत को घर के बाहर छोड़कर आकाश घर आ गया ऑफ़िस जाने का

मन तो नहीं था क्योंकि सुबह- सवेरे ही उसे उसके सवालो के जबाब मिले है, पर ऑफ़िस जाना भी तो ज़रूरी है- "आराध्य की तलाश" जो शुरू करनी है.

हाँ बात सच है कि मैं और पुनीत काफ़ी सालों के बाद एक- दूसरे से मिले पर इसका यह मतलब नहीं था कि हम दोनो के बीच कभी दोस्ती रही ना हो, बचपन का दोस्त जो सालों बाद मिलने के बाद अपनी- अपनी तरक्क़ी सुनाते, बचपन के क़िस्से याद करते, दोस्तों की बातें करते, भूले हुए फ़साने को गुनगुनाते, नादानियों को लेकर एक दूसरे की टाँग खींचते पर यहाँ तो कुछ और ही चल रहा है, क्या पता था इन सबके अलावा "ज़िंदगी के कड़वे सच" की बातें होंगी...

इतना बुरा लग रहा है मुझे, तो फिर पुनीत का क्या हाल होता होगा? वो कैसे ये सब बर्दाश कर रहा होगा...? जब भी वो रहस्या को देखता होगा उसे उसके साथ हुआ धोखा याद आता होगा, हर दिन फिर वहीं कहानी दोहराती होगी ज़िंदगी...

पुनीत की मदद करनी चाहिए या नहीं? सिर्फ़ पुनीत का पक्ष जान लेना काफ़ी है उसकी मदद के लिए? हो सकता है वो मुझसे मज़ाक़ कर रहा होगा, पर अपनी धर्म- पत्नी को लेकर ऐसा मज़ाक़ वो नहीं करेगा, क्या कर सकता है? मुझे क्या रहस्या का पक्ष नहीं जानना चाहिए, उसको भी तो हक़ है उसकी बात रखने का, पर उसे बुरा लगेगा और हो सकता है बनती हुई बात और बिगड़ जाए मेरे इस कदम से... क्या करूँ मैं, कुछ भी समझ नहीं आ रहा.

साहब..., साहब..., सुनिए

इस आवाज़ ने आकाश का ध्यान तोड़ा एर उसे ध्यान नहीं रहा कि कब वो तैयार होकर खाने की टेबल पर आ बैठा और बस दिमाग़ की उलझनो में फँसता चला जा रहा...

आकाश- हाँ

ताई (खाना बनाने वाली अंजु)- आप ठीक तो हो ना, कोई परेशानी है क्या..?

आकाश- नहीं ताई, ऐसा तो कुछ भी नहीं है।

ताई- तो फिर आपने पराठे क्यों नहीं खाए एक भी जो मैं आधे घंटे पहले आपकी प्लेट में रखकर गयी थी, अब तो आपकी की चाय भी ठंडी हो गयीं है जो मैं तीसरी बार गर्म करके लाई।

आकाश- वो ताई बस, खाना खाने का मन नहीं है कुछ भी.

ताई- कोई परेशानी हो तो बता सकते हो बेटा, मैं ओहदे में बड़ी तो नहीं पर मैं उमर में बड़ी हूँ समझ भी सकती हूँ और समझा भी सकती हूँ।

आकाश- नहीं ताई ऐसा कुछ भी नहीं है सब कुछ ठीक है।

ताई- चलो तो फिर मैं दूसरी चाय बनाकर लाती हूँ और आपको देती हूँ.

आकाश- नहीं आप परेशान मत हो, मैं ऑफ़िस में पी लूँगा।

ताई- ठीक है फिर मैं आपके लिए दोपहर के खाने में कुछ अच्छा बनाती हूँ।

आकाश- ठीक है, मैं निकलता हूँ अब देर हो रही है।

ताई- (हाँ में सर हिलाई और टेबल का सारा सामान समेटने लगीं)

दिमाग़ में हज़ारों बातें लिए आकाश ऑफ़िस के लिए निकलने लगा, अपना सामान लिया दरवाज़ा लगाया और जब कार के पास गया तब आकाश को यह अहसास हुआ कि कार चाबी तो वो घर के अंदर ही भूल आया है इसलिए आकाश घर की ओर मुड़ा और दरवाज़े पर जैसे ही उसने हाथ रखा उसे एक आवाज़ आई

हाँ, वो बस अभी- अभी निकले है, तुम सम्भाल कर काम करना किसी को भी इस बात का पता ना चले, खासकर के आकाश साहब को...।

क्या आकाश जहाँ था वहीं जड़ हो गया... और एक सेकंड के अंदर उसके दिमाग़ में हज़ारों सवाल कौंध आए. ये ताई किससे बात कर रहीं हैं, आखिर किसको मेरी खबर दे रहीं हैं मेरी, कौन सा काम करना है ऐसा जिसके बारे में मुझे पता ना चले, आखिर ये है कौन...? यार ये सारे झटके आज के दिन के लिए ही लिखे हैं क्या...? अब क्या बाकी है देखने को...?

आख़िर कौन है है वो शख़्स जिससे आकाश की ताई बात कर रहीं थी, क्या ये ताई कोई जासूस हैं जिसे आकाश के घर में उसपर नज़र रखने भेजा गया है या ये ताई किसी ख़ास प्लान का एक छोटा सा हिस्सा है, आख़िर कौन हो सकता है वो शख़्स जिसे आकाश में दिलचस्पी? इन

सारे सवालों के ज़वाब खोजेंगे अगले अध्याय में ...।

हर वो शख़्स अपना नहीं होता जिसे हम "अपना" समझते है...।
प्रतिज्ञा श्रीवास्तव

12

विश्वासघात का आघात

"विश्वास" एक ऐसा शब्द है जिसमें कुछ अधूरा सा है और यहीं "अधूरा" विश्वासघात करने पर मजबूर कर देता है और इस विश्वासघात की ख़ास बात यह है, "ये उनसे मिलता है जिनसे मिलने की उम्मीद भी नहीं होती" ...

ऐसा ही कुछ हुआ है आकाश के साथ, उसके यहाँ काम करने वाली अंजु जिसे वो ताई बुलाता है जो कि एक ४५ बर्षीय महिला है और जब से आकाश यहाँ आया है तब से उसके यहाँ काम कर रहीं है,पर ऐसा क्या हुआ कि जिसकी वो (अंजु) अपने अन्नदाता से विश्वासघात कर रही? आकाश ने जब सारी बातें सुनी उसके बाद उसने चुपके से अंदर जाना सही नही समझा वो नहीं चाहता कि ताई को इस बात की भनक भी लगे कि उसने सारी बातें सुन ली है इसलिए उसने डोरवेल बजाई...

डिंग- डांग की आवाज़ और दरवाज़ा खुला.

ताई- अरे साहब आप, अभी तक गए नहीं...?

आकाश- हाँ ताई, जा ही रहा था तब पता चला गाड़ी की चाबी तो अंदर ही रह गयी।

ताई- मैं लाकर देती हूँ.

आकाश- नहीं ताई, मैं खुद ले लूँगा आप ज़रा चाय बना दो एक कप.

ताई- पर साहब, आपको देर हो रहीं होगी? (डर कर)

आकाश- "नहीं ताई, देर तो हो चुकी है" ।

ताई- पर.. ।

आकाश- क्या हुआ आपको, चाय नहीं बनानी?

ताई- अरे क्यों नही, आप आओ मैं जब तक चाय बना देती हूँ।

(आकाश अंदर आ जाता है और किचन के पास रखी डाइनिंग टेबल पर बैठ जाता है, जिससे रसोई साफ नज़र आती है और ताई भी आकाश को साफ नज़र आ रहीं थी, पर उन्हें शक ना हो इसलिए आकाश पेपर पढ़ने लगा और नज़र बस ताई पर रखा)

ताई- ये लीजिए आपकी चाय, आज मैंने अदरक डालकर बनाई है

आकाश- धन्यबाद आपका.

(इतने में फ़ोन बजा तो आकाश फ़ोन देखने लगा और बोला..)

आकाश- अरे, मेरे पास तो किसी का फ़ोन आया ही नहीं तो ये रिंग कहाँ बज रही है?

ताई- बेटा मेरा फ़ोन है।

आकाश- आपके पास फ़ोन भी है ताई?

ताई- हाँ बेटा, वो मेरे बेटे ने दिया था मुझे कुछ समय पहले।

(फिरसे फ़ोन बजा)

हेलो... हाँ... क्या... आवाज़ नहीं आ रही... हेलो (बोलकर फ़ोन काट दिया)

आकाश- मेरा शक सही निकला, ये वहीं बोली जिसकी मुझे उम्मीद थीं. (मन में)

ताई- आवाज़ नहीं आ रहीं थी (हँसते हुए)

आकाश- ये तो काफ़ी महँगा फ़ोन है, वैसे करता क्या है आपका बेटा? (उत्सुकता से)

ताई- बेटा वो....

(इतने में आकाश का फ़ोन बजा)

आकाश- (फ़ोन पर) क्या, कैसे, कहाँ, ठीक है मैं आता हूँ।(फ़ोन काट दिया)

चलिए ताई एक इमर्जेंसी है, हम फिर बार्तालाप करते है।

ताई- ठीक है (राहत की साँस लेते हुए)

आकाश घर से निकल गया, रास्ते में उसे पुनीत का दो बार फ़ोन आया पर उसने एक बार भी नहीं उठाया क्योंकि आकाश को कहीं जाने की जल्दी थी, क़रीब बारह मिनट गाड़ी चलाने के बाद उसे उसकी ऑफ़िस की गाड़ियाँ खड़ी नज़र आई और साथ में पुनीत की गाड़ी भी थी.

आकाश- क्या हुआ है यहाँ, पुनीत तुम यहाँ क्या कर रहे हो?

संजय(आकाश का सहकर्मी)- सर इनकी गाड़ी का एक्सीडेंट हो गया है और मैं ऑफ़िस जा रहा था कि इनकी गाड़ी खड़ी देखी और आपको फ़ोन किया कई बार पर आपका फ़ोन लग ही नहीं रहा था, बहुत देर बाद जाकर लगा.

आकाश- एक्सीडेंट.. तू ठीक तो है, कहीं चोट तो नहीं आई?

पुनीत- नहीं मुझे तो कुछ नहीं हुआ बस गाड़ी...

आकाश- (पुनीत की गाड़ी को अच्छे से देखते हुए) कोई ना ठीक हो जायेगी, संजय तुम और राघव (संजय का पार्टनर) पुनीत की गाड़ी किसी मेकैनिक के पास ले जाकर दिखा दो और फिर ऑफ़िस आ जाना।

संजय- ठीक है सर।

आकाश- चल पुनीत।

(पुनीत और आकाश, संजय को गाड़ी देकर उस जगह से पुलिस स्टेशन के लिए निकल गए)

आकाश- तू ठीक तो है, सच बता?

पुनीत- हाँ मैं बिल्कुल ठीक हूँ, कुछ नहीं हुआ देख, पर तू ये सवाल बार- बार क्यों पूछ रहा है?

आकाश- मुझे ऐसा लग रहा है कि ये जाल मेरे लिए बिछाया गया था, गाड़ी पंचर करने के लिए कील रखी थी और इस रास्ते पर कील वो भी सिर्फ़ एक और तू आज मेरे समय पर निकला और आज मुझे देर हो गयी इसलिए तू किसी के हत्थे चढ़ गया।

पुनीत- शायद तू सही कह रहा है, गाड़ी का टायर पंचर होना और गाड़ी का संतुलन बिगड़ना और पेड़ से टकराना कोई इत्तेफ़ाक तो नहीं था और मैं जब गाड़ी से उतरा था तब मुझे झाड़ियों में से कुछ आवाज़ तो आई थी, पर मुझे लगा कोई जानवर होगा तो मैं वहाँ गया नहीं और इतने

में पुलिस की जीप दिखी और संजय आ गया था, उससे मदद माँगी और फिर उसने तुम्हें फ़ोन किया।

आकाश- मुझे यक़ीन है इस बात पर, अबसे तू भी संभलकर रहना।

पुनीत- हाँ, पर हो कौन सकता है, तू पुलिस वाला है तेरे हज़ारों दुश्मन...

(पुनीत की बात बीच में काटते हुए)

आकाश- ताई...।

पुनीत- वो जो तेरे यहाँ काम करती है?

आकाश- हाँ, आज सुबह...(आकाश ने पुनीत को शुरू से लेकर अंत तक ताई की पूरी कहानी सुनाई)

पुनीत- तुझे बहुत अच्छे से जानती है वो, ऐसे में तेरे बारे में सब जानना और किसी को बताना बहुत आसान काम है।

आकाश- वहीं तो.

बातों- बातों में पुलिस स्टेशन आ गया और अंदर जाते ही सबसे पहले "कड़क अदरक वाली चाय" अपने सहकर्मी से बोलकर मंगाई और साथ ही पुनीत और आकाश दोनो ने बैठते साथ ही "एक सवाल पूछा"

क्या हो रहा है ये सब, पहले आराध्य और अब ये ताई.. क्या पहेली हैं ये?

पुनीत- पता नहीं, अब आगे क्या करना है हमको?

आकाश- अब आराध्य के साथ- साथ ताई के बारे में भी पता लगाना है, और ये भी कि आख़िर ये लोग है कौन और क्या चाहते है?

पुनीत- हाँ, और कार का ऐक्सिडेंट करवाना, तुम्हारी जान भी जा सकती थी, अच्छा हुआ किसी को कुछ भी नहीं हुआ।

आकाश- जान तो नहीं जाती क्योंकि इन लोगों ने गाड़ी को रोकने की ही व्यवस्था की थी, किसी को जान से मारने की नहीं।

पुनीत- तू इतने यक़ीन के साथ कैसे कह सकता है?

आकाश- कील के लगाने के तरीक़े से और जगह भी ऐसी चुनी थी की गाड़ी पेड़ से टकरा कर रुक जाए बस, इसलिए और ये किसी होशियार का काम है ना कि किसी नासमझ का।

पुनीत- हाँ तुम सही कह रहे हो, अब हमें और भी सतर्क रहना होगा, पर कहीं ये सब आराध्य तो नहीं करवा रहा?

आकाश- अगर ये आराध्य करवा रहा होता तो वो मुझे निशाना क्यों बनता, उसका निशाना तो तू होना चाहिए।

पुनीत- हाँ ये तो बात है, मेरे दिमाग़ ने तो काम करना ही बंद कर दिया (थककर, कुर्सी पर सर पीछे करते हुए)

आकाश- परेशान ना हो यहाँ देख, अब आगे क्या करना है वो सोचते है।

पुनीत- हाँ।

आकाश ने एक डायरी जिसमें वो दिनभर की रूपरेखा बनाता था, उसके पास के केस के संदर्भ में बातें लिखता था, सबूत जुटाता था, जिस डायरी में हर अपराधी का नाम दर्ज था, आज उसी डायरी में अपने "दोस्त की ज़िन्दगी" की रूपरेखा बना रहा था ये सोचकर - "मैंने कभी सोचा भी नही था कि पुनीत के नाम का एक पन्ना इस डायरी में भी होगा"

'सर ये आपकी चाबी और मैकेनिक ने कहा है गाड़ी आज शाम तक दे देगा' संजय की आवाज़ से आकाश का ध्यान टूटा,

हाँ रख दो - आकाश ने कहा

आज आप लोग कुछ परेशान दिख रहे है, सब ठीक तो है ना? -संजय

बस थोड़ा थक गए है- पुनीत

हाँ सब ठीक ही है संजय, तुम जाओ कुछ ज़रूरत रही तो मैं बुला लूँगा- आकाश

ठीक है सर- संजय ने ऐसा कहा और पुनीत को हल्की सी मुस्कान देकर केबिन से बाहर आ गया।

आकाश ने अपने सारे ज़रूरी कार्य को परे रख दिया और पुनीत के लिए काम करना शुरू कर दिया

पुनीत देख मेरे दिमाग़ में जो कुछ चल रहा है उसकी रूपरेखा इस प्रकार है-

1- हर उस शख़्स का नाम लिखना है जो इस शहर में पुराने है या हमेशा से यहीं रहते है।

2- इसके बाद उन सबसे मिलना है और उनके बारे में जानना है जो यहाँ आए थे रहने और चले गए।

3- इनमे से उन लोगों को अलग करना है जो आराध्य या उसके घरवालों को जानते हो या बस मिले हो।

4- आराध्य का स्केच तैयार कर सभी जगह सर्चिंग शुरू करना है और अगर आराध्य मिल जाए तो उसका पीछा करना है।

5- किसी के पास से आराध्य या उसके घर वालों का कांटैक्ट नम्बर का पता करना है, जिससे उसे ट्रेस किया जा सके।

आकाश- कैसा रहेगा?

पुनीत- प्लान तो बहुत अच्छा है पर ताई का क्या और जिसने ऐक्सिडेंट करवाया है उसका क्या?

आकाश- उसके बारे में मैं कल सोचूँगा, आज मुझे मेरे केस देखने है, किसी ना किसी से ताल्लुक़ तो होगा ही उनका, हो सकता है "पुरानी यादों में कोई सुराग मिल जाए"

पुनीत- हाँ, ये भी ठीक है, तो अभी मैं क्या करूँ?

आकाश- तुम स्कूल जाओ, सबको ऐसा ही समझने दो जैसे हमको कुछ पता ही नहीं है, मैं नहीं चाहता कि कोई सतर्क हो जाए, हमें बस ये दिखाना है कि वो बस एक छोटा सा ऐक्सिडेंट था "बस".

पुनीत- ठीक है हम बस नार्मल रहते है और किसी को बोलकर मुझे स्कूल तक छुड़वा दे, हम शाम को मिलते है।

आकाश- नहीं, अब मिलना मिलाना नहीं करना है हमें, अब हम हर दिन नहीं मिल सकते, मैं समय देखकर तुमको कॉल करता हूँ या शाम को गाड़ी लेकर तुम्हारे घर आता हूँ।

पुनीत- हाँ, ये ठीक रहेगा मिलते है तो शाम में.

(आकाश ने संजय को बोला पुनीत को स्कूल तक छोड़ने के लिए और पुनीत पुलिस स्टेशन से स्कूल की तरफ़ रवाना हो गया)

पुनीत और आकाश की सतर्कता इन्हें किस मोड़ पर लेकर जाती है क्योंकि इन पाँच स्तम्भों पर रहस्य और पुनीत के अभिष्य की पराकाष्टा तय होगी। रूपरेखा के आधार पर अबसे कार्य प्रारंभ किया जाएगा, जानते है अगले अध्याय में कि "यह रूपरेखा आकाश को वो

परिणाम दे पायेगी जिसकी उसको तलाश है या इस बार पुनीत के हाथ विफलता लगेगी, क्या आकाश ताई की सच्चाई पता कर पाएगा, उस शख़्स तक पहुँच पायेगा जिससे ताई मिली हुई है?"

चाहे अपने हो या पराये, "विश्वासघात" ज़रूर करते है...।
प्रतिज्ञा श्रीवास्तव

13

कार्य का शुभारंभ

कोई भी अच्छा कार्य शुरू करने के पहले दही-चीनी खाते है, तो क्या इस काम के लिए भी दही- चीनी खानी होगी...? पर यह समझ पाना कि यह "शुभ- कार्य" या नहीं? असमंजस की स्थिति है यह एक तरफ़ आकाश पुनीत की मदद करना चाहता है पर दूसरी तरफ़ वो रहस्या को भी मौक़ा देना चाहता है कि जो पुनीत ने बताया है वो सब सच है या नहीं और दूसरी तरफ़ पुनीत है जिसकी "हार दोनो तरफ से है" अगर सच का पता लगाता है तो रहस्या को खो देगा वो भी "हमेशा के लिए" पर अगर सच का पता नही लगाता है तो "खुद को खोता जा रहा है, दिन-पर-दिन" और रहस्या जो अपने पति को दूर होते देख रही है जो कुछ कर भी नहीं सकती, ज़िम्मेदारियों से घिरी रहस्या हर- पल, हर- दिन बस यहीं सोचती है कि काश सब कुछ सही हो जाए, पहले जैसा हो जाए सब कुछ...

पर सबकुछ पहले जैसा होना आसान कहाँ है, अब तो आकाश की ज़िंदगी भी उलझ गई है पुनीत की ज़िन्दगी सुलझाते- सुलझाते,

पर आकाश को ये सब नही सोचना है और ना ही कुछ जानना है उसे तो बस पुनीत के लिए "एक दोस्त" होने का फर्ज़ निभाना है, वो कहते है ना आपका एक दोस्त आपके सौ दुश्मनो

पर भारी पड़ सकता है, तो बस अब आकाश ने रूपरेखा तैयार कर ली अब उस रूपरेखा के मुताबिक़ चलना है और आराध्य के बारे में पता लगाना है आख़िर है कौन ये आराध्य...?

शाम के पाँच बज रहे थे, शाम की चाय का समय हो रहा था और आकाश भी फ़ाइलों से घिरा हुआ था, जबसे पुनीत स्कूल गया था तब से आकाश उसकी मेज़ से उठा भी नहीं और आज तो वह लंच में घर भी नहीं गया, इस बात की फ़िक्र पूरे ऑफ़िस को हो गयी थी।

संजय- आज तो सर बहुत परेशान से है या काम कर रहे है, कुछ समझ नहीं आया?

राघव- ऐसा तो कुछ नहीं लग रहा मुझे.

संजय- अरे देखो ना आज सर ने लंच भी नहीं किया और ऊपर से चार बजते ही चाय का बोलने वाले सर ने पाँच बजने पर भी कुछ नहीं बोला, अब तक तो पूरा स्टेशन सर पर उठा लेते।

राघव- हाँ इस चाय वाली बात से तो मैं भी सहमत हूँ पर आज सुबह जो भी हुआ हो सकता है सर इससे थोड़ा डर गए हो?

संजय- अच्छा, सर आई. पी. एस. है और डराने वाले कभी डरते नहीं है।

संजय और राघव दोनो हँसने लगे और लीला जो कि उसी ऑफ़िस में महिला कांस्टेबल है बोली- क्या है, किस बात पर हँस रहे है आप दोनो...?

संजय- अरे कुछ नहीं बस आज सर..

इतने में आकाश अपने कमरे में से बाहर आ गया और माहौल देखते हुए बोला

आकाश- अरे, यहाँ तो पंचायत चल रही है वो भी सरपंच (आकाश) के बिना, क्या बात है मेडम आप भी इनके गिरोह में शामिल हो गयीं (मज़ाक करते हुए)

लीला- अरे नहीं सर, मैं तो बस अभी आई ये दोनो लोग ही लगे हुए थे बातें करने.

आकाश- तो शिंदे साहब (राघव शिंदे से), किस बारे में बार्तालाप चल रही है, आप लोगों की ज़रा हमें भी बताइए?

राघव- बताना तो बनता है सर, आज एक हैरत की बात हुई।

आकाश- हाँ- हाँ, बताओ- बताओ.

राघव- आज शाम के पाँच बज गए है और आपने चाय नहीं मंगाई?

आकाश- क्या पाँच बज रहे है और तुमने चाय नहीं दी, अब तो शिंदे को सज़ा मिलेगी, बताओ क्या किया जाए? (मज़ाक़ करते हुए)

संजय- सर सबसे अच्छी सज़ा होगी कि इनको पुनीत सर की गाड़ी लेने भेज दिया जाए वो भी पैदल?

आकाश- (हँसते हुए) हाँ, सुझाव तो मुझे पसंद आया पर गाड़ी लेने तो मैं ही जाऊँगा, अरे भाई मेरे जिगरी दोस्त की कार है।

संजय- पर सर जब हम गैराज में देने गए थे तब भी वो आपके दोस्त की ही गाड़ी थी.(नहले पर दहला मारते हुए)

(सब लोग खिलखिला कर हँस दिए और पर आकाश कहाँ कम है उसने भी हुकुम का इक्का फेक और वाज़ी पलट दी)

आकाश- तब तो उसकी पेमेंट भी आप ही कर दीजिएगा.

संजय- सर वो...वो...याद आया मुझे तो ये फ़ाइल देनी है, मैं अभी आता हूँ

(कमरे में मौजूद सब लोग हँस पड़े)

आकाश- आप लोग चाय माँगा लो, मेरे लिए मत रुको और संजय कल सुबह तुम मुझे लेने आ जाना ऑफ़िस आने के पहले.

संजय- ठीक है सर, अभी आपको गैराज तक छोड़ दूँ?

आकाश- नही पास में तो है, मैं पैदल चला जाऊँगा.

ऐसा बोलकर आकाश पुलिस स्टेशन से निकल गया, रास्ते में कुछ दुकाने थी जैसे एक चाय वाले की, जिसके बाहर एक तीन से चार साल की बच्ची बैठकर पढ़ रही थी, उस बच्ची ने आकाश को देखा और आकाश ने उसकी तरफ़ हल्की सी मुस्कान दी और पुनीत की कार आकाश को दिखाई दी, उस गाड़ी में काम कर रहा था मैकेनिक और आकाश को देखकर अंडर भाग गया और बोला- बाबा, पुलिस आई है, उस गैराज का मालिक बाहर आया-

मैकेनिक- सर आप गाड़ी लेने आए है?

आकाश- हाँ, वो तो सब ठीक है पर ये डरकर भागा क्यों?

मैकेनिक- सर, संजय साहब आते है तो इसकी क्लास लेते है, तो आप तो उनके भी सीनियर हो इसे लगा अब ये फिर डाँट खाएगा इसलिए भाग गया।

आकाश- क्या, संजय ऐसा करता है पर क्यों?

मैकेनिक- साहब मैंने ही बोला था, ये मेरा बेटा है इस साल नौ वी. कक्षा में गया है, पर पढ़ता- लिखता कुछ नही है, अब मेरी डाँट खा- खाकर। ढीठ हो गया है एकदम, और संजय सर से डरता है इसलिए.

आकाश- ओह! तो फिर ठीक है, गाड़ी का काम पूरा हो गया?

मैकेनिक- हाँ साहब, पर ये लाइट के बल्व मेरे पास नहीं है, या तो आपको शहर जाकर लगवाना होगा या फिर कुछ दिनो में दुकान का सामान लेने जाऊँगा तब ले आऊँगा।

आकाश- ठीक है, आप ही ला देना और संजय को बता देना मैं गाड़ी लेकर आ जाऊँगा, एक सवाल और क्या इस पूरे टाउन में सिर्फ़ आपका ही गैराज है?

मैकेनिक- हाँ साहब, यहाँ पर पहले मेरे दादा ने, फिर पिताजी ने और अब मैंने काम किया है, हमें यहाँ काफी पीढ़िया हो गयीं है.

आकाश- अच्छा, अच्छी बात है तब तो, ये आपके यहाँ की कील.(ज़मीन पर से उठाते हुए, "वो कील जो ऐक्सिडेंट की जगह पर मिली थी")

मैकेनिक- हाँ दीजिए, ये तो शायद मैं पिछले महीने लाया था, ये तो सात- आठ दिन पहले ख़त्म हो गयीं थी, यहाँ कैसे गिरी है?

मैकेनिक का बेटा- बाबा, हो सकता है काम करते वक़्त गिर गयीं होंगी।

मैकेनिक- नहीं मुझे अच्छे से पता है ते सात दिन पहले खतम हो गयीं थीं, तभी तो मुझे शहर जाना पड़ा था, चलो मिल गई तो अच्छा हुआ, सर(आकाश से) आप बस थोड़ी देर रुक जायें मैं बस कुछ ही देर में गाड़ी का काम ख़त्म करके देता हूँ, जब तक आप चाय पी लीजिए उस दुकान पर।

आकाश- ठीक है जल्दी करना.

ऐसा बोलकर आकाश उस चाय वाले की दुकान की तरफ़ चल पड़ा जहां एक प्यारी सी बच्ची बैठी हुई थी पर जैसे ही उस बच्ची ने आकाश को आते देखा वो अंदर भाग गयी और अंदर से एक लड़का बाहर आया करीब १४-१५ साल का, क़द काठी लम्बी और पतली, बाल हल्के सुनहरे, होंठों पर मुस्कान और हाथ में स्कूल की किताब लिए हुए आकाश के

सामने आ खड़ा हुआ-

जी कहिए- उस बालक ने कहा

मुझे एक कप चाय मिल सकती है क्या? - आकाश ने पूछा

हाँ मिल जायेगी पर थोड़ी देर लगेगी- बालक ने कहा

ठीक है, आप तो बना दो- आकाश ने बोला

आकाश ने उस छोटी सी दुकान को गौर से देखा, जहाँ दो कच्चे कमरे थे, जिसकी दालान पर एक कोने में चाय बनाने का सामान और चूल्हा रखा हुआ था वहीं दूसरी तरफ़ एक पेड़ की मोटी सी टहनी से बेंच बना दी जिसपर आकाश बैठा हुआ था, चाय बनाते- बनाते वो बालक आकाश को तिरछी नज़रों से देख भी रहा था, आकाश ने उससे एक सवाल पूछा-

क्या तुम दोनो यहाँ अकेले रहते हो?

नहीं, मेरे माँ- बाबा भी साथ में रहते है पर वो दोनो शहर गए है घर का कुछ सामान लेने- बालक ने आकाश को चाय थमाते हुए बताया

अच्छा, तो तुम लोग यहाँ पर कब से रह रहे हो? - आकाश ने पूछा

मेरा तो जन्म यहीं हुआ है बाक़ी तो बाबा को पता होगा. - बालक का जवाब

तो मतलब तुम्हारे बाबा यहाँ सबको जानते होंगे- आकाश का सवाल

हाँ, शायद -बालक

वैसे चाय तो बहुत अच्छी बनाई है तुमने, तुम कब से चाय बना रहे हो? - आकाश का सवाल

जब बाबा नहीं रहते है तब, क्योंकि उस वक्त दुकान मैं सम्भालता हूँ, नही तो वहीं देखते है सब- बालक का जवाब

बहुत अच्छी बात है और नाम क्या है तुम्हारा- आकाश ने पूछा

मेरा नाम अर्जुन है और ये मेरी छोटी बहन है रेवा- बालक ने कहा

हेलो रेवा, आप भी स्कूल जाते हो? - आकाश ने प्यारी सी बच्ची से बोला और बात करने की कोशिश की पर रेवा ने बस हाँ में सर हिलाया और फिर दरवाज़े के पीछे छुप गई, आकाश को किसी ने आवाज़ दी-

सर आपकी गाड़ी तैयार है अब उसे लेकर जा सकते है- मैकेनिक

हाँ, मैं आता हूँ, क्या आप चाय पियेंगे? - आकाश ने मैकेनिक से पूछा

नहीं सर, हम इनके यहाँ का पानी भी नहीं पीते, मैं इंतेज़ार कर रहा हूँ आप चाय ख़त्म करके आ जाइयेगा- मैकेनिक ने बोला

आकाश ने बालक की तरफ़ अचरज भारी निगाहो से देखा और पूछा- ये आदमी ने ऐसा क्यों बोला, कोई बात है क्या?

सर ये तो दुश्मनी पाल कर बैठे है हमसे जबकि हमने कुछ किया भी नहीं था-बालक ने बताया

पर ऐसा क्या हुआ था- आकाश ने उत्सुकता से पूछा

कुछ नहीं सर, यहीं कोई दो साल पहले की बात रही होगी, सुबह के नौ बजे होंगे, माँ की तबियत ख़राब थी तो मैं स्कूल नहीं गया, बाबा चाय बना रहे थे और अचानक से किसी औरत की चीखने की आवाज़ आई तो बाबा भाग कर गए मैं भी था वहाँ इनका बेटा ज़मीन पर गिरा हुआ था और इनकी पत्नी उसको उठाने की कोशिश कर रहीं थी- बालक ने कहा

फिर, आगे क्या हुआ- आकाश ने उत्सुकता से पूछा

फिर बाबा ने देखा और मुझसे बोला जा लोगों को बुलाकर लेकर आ, और मैं कुछ लोग जो आस- पास के मिले उनको बुलाकर लाया- बालक ने बताया

फिर क्या हुआ- आकाश ने पूछा

बाबा ने कुछ लोगों के साथ मिलकर उसे अस्पताल ले गए और मैकेनिक अंकल को फ़ोन करा और घर आने को बोला- बालक ने बताया

ये उस वक्त कहाँ थे- आकाश का सवाल

ये अंकल शहर गए थे सुबह फिर जब ये अस्पताल आए तो बाबा से पूछा क्या हुआ पर उसी समय आकर डॉक्टर ने बताया "आपका बेटा अब इस दुनिया में नहीं रहा आपने उसे अस्पताल लाने में देर कर दी" और अंकल को लगा बाबा ने जान- बूझकर ऐसा किया है

- बालक ने बताया

ओह! तो यह बात है, पर इसमें तो किसी की कोई गलती नहीं है, तुम्हारे बाबा ने जो भी किया ठीक किया - आकाश ने कहा

हाँ सर, पर बाबा को इनसे कोई शिकायत नहीं, "कोई अपना इकलौता बेटा खो दे तो उससे क्या गिला- शिकवा रखना"- बालक ने कहा

क्या कहा, "इकलौता बेटा"? - आकाश ने एक ही साँस में पूछा

"हाँ, वो इनका इकलौता बेटा था जो अब इस दुनिया में नहीं है"- बालक ने फिर दोहराया

आकाश ने अर्जुन(बालक) को चाय का ख़ाली कुल्लहड पकड़ाया, पैसे दिए और एक सवाल के साथ मैकेनिक की दुकान की तरफ़ बढ़ चला "अगर मैकेनिक का इकलौता लड़का मर चुका है, तो जिसे उसने अपना बेटा बताया था, वो कौन है?"

फिर एक पहेली आख़िर कौन है वो लड़का जो मैकेनिक के घर में उसका बेटा बनकर रह रहा है, क्या उसका आकाश और पुनीत से कोई लेना देना होगा, क्या मैकेनिक ने आकाश से झूठ बोला या अर्जुन झूठ बोल रहा है, या दोनो के पास झूठ बोलने की कोई वज़ह थी?

इन सब सवालों के जवाब खोजेंगे अगले अध्याय में....

हर सवाल का जवाब एक "नया सवाल " ही है...।
प्रतिज्ञा श्रीवास्तव

14

आशा और निराशा

वोकहते है ना "ढूँढने से तो भगवान भी मिल जाते है, तो सवालों के जबाब क्यों नहीं" पुनीत, और आकाश उन सवालों का ज़वाब खोज़ रहे थे जो "ख़ुद एक ज़वाब है उनके हर सवाल का".

पर बात सुलझने की जगह उलझती जा रही है हर वो शख़्स जो आकाश और पुनीत की ज़िंदगी में है, इन दोनो के सामने नई- नई पहेलियाँ लाता जा रहा है और आकाश अभी भी पुनीत की कार सुधरवाने में लगा हुआ है।

अर्जुन के यहाँ चाय पीने के बाद आकाश पुनीत की गाड़ी लेने गैराज पहुँचा और फिर-

मैकेनिक- देखिए सर ये आपकी गाड़ी तैयार है एक बार चालू करके देख लीजिए.

आकाश- गाड़ी तो आपने एकदम नई कर दी, कुछ लग ही नहीं कि ये कभी टूटी हुई भी थी।

मैकेनिक- धन्यवाद सर,

आकाश-(गाड़ी चालू करके, चारों तरफ़ से उसे देखकर), ठीक है, आप पैसे बता दो कितने हुए है?

मैकेनिक- सर ये लीजिए बिल, इसमें सब लिखा है और वो लाइट का सामान मैंने इसमें जोड़ दिया है, कल शहर जाऊँगा तो ले आऊँगा फिर आप किसी दिन गाड़ी लेकर आ जाना.

आकाश- ठीक है, पर ये नौ हज़ार कुछ ज़्यादा नहीं है?

मैकेनिक- अरे सर, गाड़ी का सामान महँगा हो गया है इसलिए, और आप तो बड़े लोग है, अच्छा कमाते है।

आकाश- हाँ पर आप तो हमसे भी बड़े लोग है, एक बार में ही लूट लेते है। (ताने- हँसी मज़ाक़, करते हुए)

मैकेनिक- अरे सर, आप भी ना।

आकाश- अच्छा चले अब ज़्यादा ख़ुश मत हो ये लो पैसे, और एक बात बताओ?

मैकेनिक- पूछिए सर?

आकाश- आप यहाँ पर कबसे रह रहे हो?

मैकेनिक- मैं पैदा यहीं हुआ, पिताजी और उनके पिताजी सब यहीं पर रहते थे, यूँ कहे पूरा ख़ानदान यहीं रहता है, बाकी दादा के दादा लोगों का नहीं पता।

आकाश- मतलब आप लोग यहाँ सबसे पुराने हो?

मैकेनिक- सर यहाँ तो सब लोग ऐसे ही मिलेंगे पर सबसे पुराने तो दीनानाथ वैध है, कहते है उनकी ये सातवीं पीढ़ी है और दीनानाथ जी बहुत अच्छे वैध है, इस छोटी सी जगह का हर शख़्स उनसे ही इलाज करवाता है।

(आकाश के दिमाग में एकदम बिजली सी चमकी लगा मानो उसे वो मिल गया जिसकी उसे ना जाने कब से तलाश थी)

आकाश- अच्छा, ये तो बहुत अच्छी बात है, मतलब बहुत सिद्ध वैध होंगे तभी सब लोग उन्ही से इलाज करवाते है?

मैकेनिक- हाँ, पर सर बहुत सिद्ध है, बच्चों से लेकर बड़े तक सभी लोग उन्ही के पास जाते है, उनके पास हर मर्ज़ की दवा है।

आकाश- क्या वो यहाँ सबको जानते हैं?

मैकेनिक- शायद हाँ सर, पर आप ऐसा क्यों पूछ रहे है?

आकाश- कुछ नहीं, जब मैं यहाँ रह रहा हूँ तो सोचा इस जगह के बारे में भी जान लू थोड़ा, अगर कल को बीमार हुआ या कुछ भी तो पता हो जाना कहाँ है बस इसीलिए पूछा, वैसे

ये दीनानाथ जी रहते कहाँ है?

मैकेनिक- दीनानाथ जी, शहर के बाहर जाने वाले रास्ते पर वो जो जंगल पड़ता है, उसी रास्ते पर एक पुराने से मकान में रहते है.

आकाश- जंगल में रहते है?

मैकेनिक- कह सकते है, क्योंकि उस सड़क पर एकमात्र घर उन्ही का है और जंगल में ही ज़्यादा औषधि रहती है।

आकाश- हाँ, चलिए अब मैं चलता हूँ और धन्यवाद इन सबके लिए।

(ऐसा बोलकर आकाश पुनीत के घर के लिए निकल गया और रास्ते में उसको को कॉल किया)

आकाश- मैंने तेरी गाड़ी ले ली है और मैं निकल रहा हूँ तेरे घर के लिए।

पुनीत- नहीं, घर मत जा, मैं अभी स्कूल में हूँ वहीं आ जा.

आकाश- ठीक है बस पहुँच ही गया समझो।

(देखते ही देखते आकाश पुनीत के स्कूल पहुँच गया और आकाश, पुनीत दोनो पुनीत के कमरे में बैठे हुए बात कर रहे)

पुनीत- तू ठीक तो है, थका हुआ सा लग रहा है?

आकाश- हाँ यार, थक तो गया हूँ, दिमाग़ में सुबह से इतना कुछ चल रहा है कि अब दिमाग़ काम ही नहीं कर रहा।

पुनीत- कोई बात नहीं तू सोफ़े पर लेट जा, ड्रिंक बनाऊँ या चाय मँगवा दूँ?

आकाश- चाय मँगवा भाई, मैं ड्रिंक नहीं करता.

पुनीत- ठीक है तो घर चल, चाय के साथ- साथ खाना भी खा लेना.

आकाश- क्यों?

पुनीत- क्योंकि ऑफ़िस में तेरे और मेरे अलावा कोई नहीं है.

आकाश- प्यून घर गया?

पुनीत- तो क्या रुका रहता।

आकाश- (सोफ़े पर बैठते हुए), सुन एक बहुत ज़रूरी बात पता चली है।

पुनीत- बता, क्या बात है?

आकाश- यहीं कि मुझे एक शख़्स के बारे में पता चला है, जिसके यहाँ हमें कल जाना है।

पुनीत- कौन है वो? (आश्चर्य से)

आकाश- ये मैं तुझे कल बताऊँगा अभी चल मुझे घर छोड़ दे, फिर घर जाकर मुझे ताई का इंतज़ाम भी तो करना है।

पुनीत- चल ठीक है, और ये ले लो, अपने घर में लगा लेना।

आकाश- ये हुई ना बात, कब लाया तू इसे?

पुनीत- मैं कुछ दिनो पहले शहर गया था, वहीं से ये ले आया, मेरे घर में लगाने के लिए समय ही नहीं मिला ऊपर से घर में वो दोनो (सुशीला देवी और रहस्या) मुझ पर कुछ ज़्यादा ही नज़र रखते है।

आकाश- चल मेरा काम तो हो जाएगा।

और दोनो आकाश के घर की तरफ़ निकल पड़ते है, रास्ते भर घर जाने की जल्दी में आकाश गाड़ी को थोड़ा तेज़ चला रहा, पर पुनीत वो उसकी अपनी सोच में गुम है कि ना जाने कल क्या होगा, आकाश को अपने गंतव्य पर पहुँचा कर पुनीत उसके घर के नज़दीक पहुँच गया पुनीत ने गाड़ी घर के सामने लगाई, कार गेट लॉक किया और घर के गेट की तरफ़ चल पड़ा, दरवाज़े की घंटी बजाने वाला था कि

इतने में उसे एक मोबाइल की रिंगटोन सुनाई दी और जैसे ही पुनीत ने पलटकर देखा आवाज़ झाड़ियों में से आ रही थी, पुनीत ने आवाज़ दी- कौन है वहाँ? पर कोई जवाब नहीं आया, आज कल के हादसों की वज़ह से पुनीत ने झाड़ियों की तरफ़ जाना सही भी नहीं समझा, पर बात यहाँ उसकी नहीं उसके परिवार की भी थी तो पुनीत ने अपने कदम कार की तरफ़ बढ़ाए और डिग्गी में से एक डंडा निकाला और एक पत्थर उठाया और वैसे मारा जैसे क्रिकेट बेट से किसी बॉल को मारते है,

एक बार और मारा बोलते हुए, कौन है वहाँ?

अगर जवाब नहीं दिया तो... सोच लेना।

पर सामने से कोई जवाब नहीं, पुनीत ने फिर एक बड़ा और एक छोटा पत्थर उठाया, सबसे पहले एक छोटा पत्थर मारा और उसके तुरंत बाद पत्थर और आवाज़ आई......

आाsssssssssss और एक लड़का भागा झाड़ियों में से फिर पुनीत भी उस लड़के के पीछे भागा- रुक भागता कहाँ है, रुक तू...

पर वो लड़का पुनीत की पहुँच से बहुत दूर जा चुका था।

थोड़ी दूर भागने के बाद पुनीत को लगा घर से ज़्यादा दूर जाना सही नहीं होगा, क्या पता उसके कितने साथी हो वहाँ?

पुनीत घर वापस आ रहा था, डंडा हाथ में लिए उसने डोरबेल बजाने के लिए हाथ उठाया, कि फिर से वहीं आवाज़, वो फ़ोन के रिंगटोन की आवाज़ सुन पीछे पलटा, और फिर वहाँ पत्थर फेंका पर इस बार कोई नहीं था, उस आवाज़ की तरफ़ जाते हुए उसे एक मोबाइल मिला, जो फिरसे बजने लगा था, जिसपर एक नाम लिखा आ रहा था "BOSS" ...।

आख़िर कौन था वो लड़का जो झाड़ियों में से भागा था और वो पुनीत के घर पर नज़र क्यों रखे हुए था, कौन है ये BOSS, आख़िर ये मारना किसे चाहता है पुनीत को या आकाश को? पुनीत ने आकाश को ऐसा क्या दिया जिससे आकाश का काम बन जाएगा, इन सारे सवालों के जवाब खोजेंगे अगले अध्याय में...।

दुःख, सुख, परेशानी, समाधान, ख़ुशियाँ सब हमारे आस-पास ही
होती हैं, हमें बस उनसे "बारी-बारी"
से मिलना होता है...।
प्रतिज्ञा श्रीवास्तव

15

एड़ी-चोटी का ज़ोर

"जिस चीज़ को शिद्दत से चाहो तो पूरी कायनात उसे आपसे मिलाने की साज़िश करने लगती है" पता नहीं यह बात सच है या नहीं क्योंकि यह कहानी अब कायनात की पहुँच से भी दूर जाने वाली है, अब हर सुबह एक नया जज़्बा, एक नयी चुनौती लेकर आती ताकि मंज़िल दूर से पास आ जाए।

हर दिन की तरह आज का दिन नही था आख़िर हो भी क्यों ना आज आकाश को वो पाँच काम शुरू करने थे जो आराध्य तक पहुँचायेंगे पर उसके पहले ऑफ़िस जाना था कुछ पेपर लेने. आकाश के ऑफ़िस के अंदर आते ही वहाँ उसे पुनीत मिला जो काफ़ी देर से उसका इंतेज़ार कर रहा था।

पुनीत- गुड मॉर्निंग आकाश

आकाश - पुनीत तुम कितनी देर से इंतेज़ार कर रहे हो, कहीं मैं ज़्यादा देर से तो नही आया?

पुनीत- नहीं आकाश, मैं थोड़ा जल्दी आ गया था।

इतने में संजय ने आकर दोनो के लिए चाय दी और कहा- सलाम सर, पुनीत सर काफ़ी देर से आपका इंतेज़ार कर रहे थे बाहर खड़े रहकर तो मैंने उनसे कहा आपके केबिन में आकर बैठने को

आकाश- बहुत अच्छा किया संजय, शुक्रिया चाय के लिए,

(संजय कमरे में से निकलकर उसके काम में लग गया)

पुनीत- तू कल कुछ कह रहा था, बोला था आज बताऊँगा?

आकाश- हाँ, कल जब मैं तेरी गाड़ी ठीक करवा रहा था, तब बड़ी अजीब सी घटनायें हुई।

पुनीत- ऐसा क्या हुआ?

आकाश ने पुनीत को मैकेनिक के यहाँ की हर बात बताई और उसके लड़के के बारे में भी, जिसे अर्जुन ने कहा कि वो लड़का मैकेनिक का अपना बेटा नहीं है और मैकेनिक उसे उसका बेटा बता रहा था और पुनीत आकाश की बात ख़त्म होने का इंतेज़ार कर रहा था

पुनीत- यार कल मेरे साथ भी कुछ ऐसा ही हुआ (आकाश को कल रात की सारी बात बताई)

आकाश- तो फिर वो मोबाइल कहाँ है?

पुनीत- ये रहा, पर मैंने इसे साइलेंट पर कर दिया था ताकि उन लोगों को लगे कि ये मोबाइल सच में गुम हो गया, बंद कर देते तो शक हो जाता।

आकाश- ये तो तुमने सही किया।

पुनीत- पर यार, कौन हो सकता है?

आकाश- क्या पता, मुझे तो लगा था कोई मेरे पीछे पड़ा है, अगर वो मेरे पीछे है तो तेरे घर पर नज़र क्यों रख रहा है?

पुनीत- मुझे नहीं पता, कहीं ऐसा तो नहीं ये सब वो आराध्य करवा रहा हो?

आकाश- पर अभी तो हमने उसे ढूँढना शुरू भी नहीं किया तो उसे कैसे और क्या पता होगा?

पुनीत- फिर भी, कोई लीड निकल रही हो तो?

आकाश- तो फिर वो इतने दिनो तक क्यों शांत रहा, अगर उसे तुझे नुक़सान पहुँचाना था, तो इतना लम्बा इंतेज़ार क्यों?

पुनीत- ये सवाल तो है।

इनको अपन बाद में देख लेंगे अभी सुनो

तो अब हमें अपना काम शुरू करना चाहिए, ये देखो- "खोज़ की रूपरेखा कुछ इस प्रकार है(वो पाँच कदम जिनको आकाश ने कल बनाए थे)" जिसके लिए सबसे पहले हमें ऐसे व्यक्ति को खोजना है जो यहाँ

काफ़ी सालो से रह रहा हो और जिसे हर चीज़ के बारे में जानकारी हो।

और मुझे मेरे पहले सवाल का जवाब मिल गया, कल मैकेनिक ने बताया "दीनानाथ वैद्य" यहाँ सबसे पुराने है. पुनीत, क्या तुम किसी दीनानाथ वैद्य को जानते हो क्या, जो जड़ी-बूटियों से इलाज़ करते थे?

पुनीत- नही यार, मैं तो नहीं जानता क्योंकि मैं पढ़ाई के लिए ज़्यादातर बाहर ही रहा हूँ, क्यों क्या हुआ?

आकाश- मुझे पता चला है दीनानाथ वैद्य यहाँ बहुत सालो से रह रहे है और हर व्यक्ति अपनी ज़िंदगी में बीमार तो होता ही है, इसलिए शुरुआत उनके यहाँ से करेंगे।

पुनीत- ठीक है, पर मैं नहीं जानता, तू नहीं जानता तो अब हम क्या करे?

आकाश- हमें किसी तीसरे को शामिल तो करना ही होगा, नहीं तो हम आगे कैसे बढ़ेंगे?

इतने में संजय आया- सर इस फ़ाइल पर साइन कर दीजिए।

आकाश- किस चीज़ की फ़ाइल है ये?

संजय- सर वो गुप्ता जी का केस बंद हो गया है, दोनो भाइयों ने एक-दूसरे से माफ़ी माँग ली है तो..

आकाश- बताओ, पहले इतना लड़े- मारे पीटे, और अब बस एक माफ़ी से सब कुछ भूल गए.

पुनीत- ये इंसान भी ना।

संजय- ये तो फिर भी ठीक है सर, इनके ख़ानदान की यहीं परम्परा है इनके पापा- चाचा लोग भी ऐसे ही लड़े थे और दादा लोग भी.

आकाश- अच्छा, पर तुमको ये सब कैसे पता, किससे सुन लिया तुमने?

संजय- जब मैं दस साल का था तब इन लोगों के पापा चाचा में लड़ाई हुई थी, उसके पहले की बातें पापाजी ने बताई थीं।

आकाश- तो तुमको यहाँ रहते हुए कितना समय हो गया है?

संजय- संजय- सर मैं ज़िंदगी से यहीं हूँ, मेरे दादाजी, पापा मैं और मेरा बेटा सब के सब यहीं है।

आकाश- ओह! अच्छा संजय तुम यहाँ किसी दीनानाथ वैद्य को जानते हो क्या?

संजय- सर मैं जानता हूँ, वो अभी भी इस टाउन के बाहर वाले हिस्से में रहते है, बहुत सटीक इलाज़ करते है।

(यह बात सुनकर आकाश और पुनीत के चेहरे पर चमक आ गयीं कि "इस सुबह नए काम का आग़ाज़ हो गया" उस शख़्स के मिलने से जो हर रास्ते पर इनका "सारथी" बनकर चलेगा.)

संजय- वो मुझे जानते भी है, अगर आपको इलाज करवाना हो तो मेरा नाम ले लीजिएगा, थोड़ा कम में इलाज कर देंगे।

(आकाश और पुनीत थोड़ा मुस्कुराते हुए)

आकाश- अरे नहीं भाई, जितने पैसे लेंगे उतने दे देंगे, तो मतलब तुमने उनका घर देखा है.

संजय- हाँ सर, देखा है

आकाश- हमें उनके घर जाना है, तुम ले चलोगे?

संजय- हाँ सर, क्यों नहीं।

चलिए तो इंतेज़ार किस बात का है? आकाश ने कहा और तीनो आकाश की जीप में बैठ गए। सुनिए संजय, यह बात हम तीनो तक ही रहनी चाहिए क्योंकि यह एक "Top Secret Mission" है जिसकी खबर किसी को भी नहीं होनी चाहिए।

आप फ़िक्र मत करिए सर मैं किसी को कुछ भी नहीं बताऊँगा- संजय

कुछ किलोमीटर दूर, जंगल के पास, कच्चे रास्ते पर चलते हुए क़रीब दो किलोमीटर चलने के बाद एक पुराने बेजान से मकान के सामने आकाश की जीप रुकी- सर यही घर है दीनानाथ वैद्य का संजय ने कहा।

दीनानाथ वैद्य का घर जो लगभग अस्सी-सौ साल पुराना लग रहा, जिनकी दीवारों ने ना जाने क्या- क्या देखा होगा, घर के दरवाज़ों ने ना जाने कितने ही लोगों का स्वागत किया होगा, घर के बाहर एक छोटा सा बग़ीचा है जिसे हज़ारों तरह के फूल, पौधे और जड़ी-बूटियों से सजाया गया है. उस बग़ीचे से लगा हुआ एक दालान(लॉबी) है जो घर के अंदर जाने वाले रास्ते में है जिसके बीचो-बीच एक तखत (लड़की का मज़बूत पलंग जैसा) रखी है शायद इसी पर दीनानाथ वैद्य अपने मरीज़ों को

देखते होंगे.

घर में किसी बच्चे के रोने की आवाज़ भी आ रही इतने में एक 12-13 साल की मासूम बालिका आई और इन तीनों को देखकर "मम्मी" चिल्लाते हुए अंदर भाग गयीं. इस घटना के कुछ ही सेकण्ड के बाद एक बुज़ुर्ग स्त्री यहीं कोई "साठ या बासठ साल की" बाहर आयीं।

जी कहिए- बुज़ुर्ग महिला

जी, हम लोगों को दीनानाथ वैद्य से मिलना है- आकाश

हाँ मिल सकते है वो पर मिलने का समय सुबह 10 बजे से शाम को चार बजे का है आप लोग एक घंटा पहले आए है- बुज़ुर्ग महिला

हाँ जी हमें पता नहीं था- आकाश ने माफ़ी माँगते हुए कहा।

कौन आया है गायत्री?- ऐसा बोलते हुए एक बुज़ुर्ग, जिनकी उम्र 70 पार कर चुकी होगी 'बाहर आये'- जी कहिए

ये लोग आपसे मिलने आए है वो भी एक घंटा पहले- बुज़ुर्ग महिला ने कुछ बुदबुदाते हुए बोला

अब आ गए है तो क्यों इंतेज़ार करवाना, ठीक है गायत्री तुम जाओ, मैं ही दीनानाथ हूँ- बुज़ुर्ग शख़्स ने साँस भरते हुए, मोटे से चश्मे को आँखो पर चढ़ाते हुए और सभी को तखत(लकड़ी का मज़बूत पलंग) की तरफ़ इशारा करते हुए बोले- बैठिए आप लोग और बताइए किसे क्या तकलीफ़ है- दीनानाथ

दरसल हम लोगों में से किसी को कोई बीमारी नहीं है हम यहाँ एक केस के सिलसिले में ज़रा सी पूछताछ करने आए थे- आकाश ने बताया

पूछताछ(थोड़ा डर कर) बताइए बेटा मैं आपकी क्या मदद कर सकता हूँ- दीनानाथ

जी, हम लोग एक शख़्स को खोज़ रहे है जिसका नाम आराध्य है- पुनीत

(आकाश ने संजय की तरफ़ देखा उसके हाव- भाव देखने के लिए, अब किसी पर भरोसा करना उसे ठीक नहीं लग रहा था, पर संजय के चेहरे पर कोई भाव ना देखकर, आकाश पुनीत की बातों की तरफ़ वापस आ गया)

आराध्य नाम तो मैंने कभी नही सुना और सुना भी हो तो बेटा उम्र हो गयीं है तो नाम और चेहरा याद आना बहुत मुश्किल है- दीनानाथ

हाँ हम लोग समझ सकते है, पर याद करने की कोशिश करिए - आकाश

अच्छा उसका आगे का नाम क्या है, उम्र, क़द-काठी या उसका बचपन का नाम बताओ तो शायद याद आ जाए मुझे कुछ- दीनानाथ

ये सब कुछ तो हमें नहीं पता बस इतना पता है कि उसका नाम आराध्य है- पुनीत

बेटा ऐसे कैसे बता दूँ मैं, ऐसे तो हज़ारों लोगों से मिल चुका हूँ मैं, बस नाम के आधार पर कैसे कोई मिल जाएगा- दीनानाथ

हाँ थोड़ा मुश्किल है पर आप याद करने की कोशिश करिए शायद इस नाम का कोई आया हो किसी भी उम्र का? - आकाश ने कहा

ऐसा तो कोई भी मुझे याद नही और ना ही मैंने कभी लिखकर रखा कि किसने, कब किस चीज़ का मुझसे इलाज़ करवाया है पर वैसे याद रहता है इस नाम का कोई आता तो क्योंकि बेटा कितना सा गाँव है अपना, अपन तो लगभग सभी को जानते है, पुराने समय में जब मेरे बाबा जड़ी-बूटियों से इलाज़ करते थे तबसे मैं उनके साथ हाथ बटाने लगा था पर आराध्य नाम का कोई मुझे याद नहीं आ रहा है, माफ़ करना बेटा- दीनानाथ

कोई बात नहीं, धन्यबाद आपका- आकाश

निराशा के साथ तीनो उठकर वहाँ से जाने लगे तभी दीनानाथ जी ने फिर आवाज़ दी सुनो बेटा

सब वहीं रुक गए जहाँ पर उनके कदम थे,

शहर जाने वाले रास्ते पर जो पुरानी मज़ार है ना, वहाँ एक बाबा रहते है जो वहाँ की देख-रेख करते है वहाँ पर बहुत से लोग जाते है मन्नत माँगने, तो हो सकता है वो जानते हो जिसको तुम ढूँढ रहे हो।-दीनानाथ

जी शुक्रिया अब हम लोग वहीं जाते है- पुनीत

मायूसी के बीच एक खुशी की लहर थी जो बस "शायद वो जानते हो" पर टिकी थी, अब तीनो लोगों के पास एक नया मक़सद था आगे बढ़ने के लिए. फिर तीनो निकल पड़े अपने नए "अगले पड़ाव" पर.

अगले अध्याय में जानेंगे "क्या आराध्य कभी गया होगा मज़ार पर और क्या बाबा जानते होंगे आराध्य को या फिर वहाँ से इन तीनो को ख़ाली हाथ लौटना होगा या किसी नए सुराग के साथ?"

कुछ कदमों के निशान मंज़िल की तरफ़ नहीं,
"मंज़िल की तरफ पहुंचाने वाले की"
की तरफ़ भी जाते है।
प्रतिज्ञा श्रीवास्तव

16
परेशानियों का बुलावा

किरण हमेशा लोगों को ज़िंदगी देती है फिर चाहे वो सूरज की किरण हो या ज़िंदगी की।

पुनीत और आकाश जिन हालातों से गुज़र रहे है, उनपर क्या गुज़र रही है ये तो वो ही जानते है और कल के हादसे के बाद तो पुनीत थोड़ा डर भी गया है, किसी का उसके घर तक पहुँच जाना और ऊपर से सुशीला देवी और रहस्या अकेले रहते है घर पर. दूसरी तरफ़ आकाश जिसकी परेशानियाँ पुनीत की परेशानियों से बहुत अलग तो नहीं, पर उस मोबाइल वाले BOSS का पता तो लगाना ही होगा.

पर अब दोनो एक बार फिर सफ़र कर रहे है

दीनानाथ बैध के यहाँ जिस उम्मीद से गए थे वहीं उम्मीद उन्हें दोबारा मिल गयी, जिसके लिए फिर तीनो फिरसे एक और सफ़र पर निकल गए. रास्ते भर पुनीत का दिल इतने ज़ोरों से धड़क रहा था कि उसकी धड़कनो की आवाज़ आकाश और संजय के कानो तक भी पहुँच रही थी, उसकी बैचनी उसके चेहरे पर अलग ही समझ आ रही थी और इन सबके परे वो बस चुप था, अब वो घड़ी भी आ गयी जब तीनो मज़ार पर पहुँच गये पर वहाँ कोई बाबा नज़र नहीं आ रहे सब लोग हमउम्र ही है, संजय ने वहाँ खड़े एक व्यक्ति से बाबा के बारे में पूछा और घर का पता लिखवा लिया-

सर बाबा का घर अगले ही मोड़ पर है यहाँ तो वो दो महीनो से आए नहीं हैं हमें उनके घर जाकर पता करना होगा - संजय ने कहा

हाँ ठीक है चलो चलते है- आकाश

पर सर वहाँ गाड़ी नही जा पायेंगी रास्ता बहुत सँकरा है- संजय

तो फिर पैदल ही चल देते है- पुनीत

तीनो लोग फिर निकल पड़े, सर पर चढ़ते सूरज के जैसे उनके क़दम भी तेज- तेज ही थे बस पुनीत के क़दम लड़खड़ा रहे थे शायद डर, जिज्ञासा, और एक अज़ीब सी उलझन की वज़ह से, इन दिनो बहुत कुछ घट रहा है जो हर पल उसके दिमाग़ में परेशानियाँ खड़ी कर देता है.

बहुत दूर चलने के बाद आकाश की आवाज़ से पुनीत का ध्यान टूटा

आकाश- संजय अपन लोग सही रास्ते पर तो है ना बहुत दूर चल लिए कुछ समझ नही आ रहा और कितनी दूर है?

मज़ार से कुछ ही दूर पहाड़ के ऊपर चढ़कर एक सँकरा रास्ता है जहां एक चाय वाले की गुमठी है उसी से रास्ता पूँछना है- संजय

वो दूर कुछ दुकान जैसा दिख रहा है- पुनीत

हाँ सर यहीं है वो गुमठी- संजय

पुनीत पास ही रखे बड़े से पत्थर पर बैठ गया तभी आकाश ने ताना मारा- इसलिए बोलते है कसरत किया करो देखो थक गए बस इतने में.

मुझे पता होता तू इतना चलायेगा तब तो मैंने दो तीन महीनो से ही कसरत शुरू कर दी होती- पुनीत

दोनो हँसने लगे. तब तक संजय बाबा के घर का पता करके आ गया और बोला चलिए सर यहाँ से यहाँ आना बेकार गया

पर क्यों भई? आकाश ने पूछा

सर ये भाईसाहब ने बताया कि बाबा का स्वास्थ ठीक ना होने की वज़ह से वो कुछ दिनो के लिए शहर गए है क्योंकि वो बीमार थे तो यह कह पाना मुश्किल है कि बाबा कब तक वापस आयेंगे.- संजय

फिरसे बस मायूसी हाथ लगी दोनो को

पर पुनीत अब भी शांत था और उसे देखकर

आकाश ने पूँछा- क्या हुआ पुनीत तुम चुप क्यों हो

अब तो थक गया हूँ यार मैं वो चाय वाले भाई को पानी और चाय का बोल दो अब एनर्जी नही है इतना वापस चलकर जाने की- पुनीत

अरे अभी कहाँ, भाई यह पहाड़ नीचे भी उतरा नही है और तुम कह रहे एनर्जी नही-आकाश

आकाश मैं रोज़- रोज़ तेरी तरह पहाड़ नही चढ़ता (ताना मारते हुए)- पुनीत

हाँ, तो मतलब मेरा तो रोज़ का काम है(पुनीत की बात का जवाब देते हुए)- आकाश

सर आप लोग फिक्र ना करें, मैंने बोल दिया था वो बस अपने लिए ही चाय बना रहा है- संजय

देखा पुनीत संजय को साथ लाकर बहुत अच्छा काम किया अपन लोगों ने- आकाश

और तीनो ज़ोर से हँस दिए, गर्म चाय की चुस्कियों के साथ मौसम के मिज़ाज को गर्म होता हुआ महसूस भी कर रहे थे तीनो क्योंकि पहाड़ पर गर्मी थोड़ी ज़्यादा महसूस होती है. तीनो लोग चाय पी रहे थे कि आकाश का मोबाईल बजा, जेब में से फ़ोन निकालकर देखा, तो कोई नया नम्बर था, फ़ोन उठाकर आकाश पुनीत से थोड़ा सा दूर होकर बात करने लगा और कुछ देर तक फ़ोन पर बात करने के बाद आकाश ने पुनीत और संजय से कहा- चलो अब जल्दी, हमें कहीं और पहुँचना है

किसका फ़ोन आया था- पुनीत

चलो, रास्ते में बता दूँगा- आकाश

क्या हुआ इतनी क्यों हड़बड़ी है, कुछ हुआ है क्या? - पुनीत

पहाड़ से उतरकर तीनो जीप में बैठ गए और आकाश इस बार तेज़ जीप चला रहा था, थोड़ी देर चुप रहने के बाद पुनीत- बतायेगा भी जा कहाँ रहे है

थोड़ी देर में खुद पता चल जाएगा- आकाश

पुनीत को थोड़ा डर सताने लगा कि अचानक से ऐसा क्या हुआ कि आकाश इतने तेज़ गाड़ी चला रहा, फ़ोन किसका था और जा कहाँ रहे है?

थोड़ी देर के बाद गाड़ी सरकारी अस्पताल के सामने रुकी और आकाश ने संजय को बोला

संजय तुम गाड़ी लगाकर रूम नम्बर 30 में आ जाना, चलो पुनीत

आकाश और पुनीत अस्पताल के अंदर जैसे ही गये उन्हें सामने ही रहस्या दिखी और पुनीत को कुछ समझ नही आया, पुनीत को देखते ही रहस्या ने कहा- मैंने आपको कई बार फ़ोन किया पर लगा ही नही, माँ की हालत काफ़ी ख़राब हो गयी थी तो पड़ोसियों की मदद से यहाँ ले आये.

पुनीत- (डर और चिंता के साथ) कहाँ है वो अब, कैसी है, क्या हो गया था?

रहस्या- माँ को फिरसे हार्ट अटैक आया था वो बेहोश हो गयीं थीं फिर मैंने आपको फ़ोन किया पर लगा नही तभी माँ को यहाँ ले आये।

चलो अच्छा हुआ तुम्हारे पास आकाश का नम्बर था- पुनीत (सोच में पड़ गया कि उसने क्या बोल दिया)

आकाश और रहस्या एक दूसरे को देख रहे थे, उन दोनो की आँखो में एक अजीब सा डर और रहस्या के चेहरे पर घबराहट दिखी, पर वह शांत खड़ी रही पर फिर पुनीत के एक सवाल ने शांति भंग कर दी-

"तुम्हारे पास आकाश का नम्बर था?"

रहस्या का जवाब क्या होगा, क्या आकाश और रहस्या पहले से एक दूसरे को जानते थे, अगर हाँ तो पुनीत से यह बात क्यों छुपाई गयीं, क्या पुनीत को इस बार रहस्या सच बोलेगी या हर बार की तरह बस शांति रहेगी? इन सवालों के जवाब जानते है अग़ले अध्याय में।

आग की एक छोटी सी चिंगारी ही काफ़ी होती है एक हरे-भरे जंगल का "**नाश**" करने के लिए।
प्रतिज्ञा श्रीवास्तव

17

सच की दस्तक

कहते है "सच हमेशा कड़वा होता है" पर यह कड़वा सच रिश्तों को बना भी सकता है और मिटा भी सकता है पुनीत जो दिल से चाहता है कि उसे सच पता चले, आकाश जो अपने दोस्त का घर बचाना चाहता है वहीं रहस्या जिसे पता ही नहीं "एक तूफ़ान उसका बेसब्री से इंतेज़ार कर रहा है"

सुशीला जी को अस्पताल में भर्ती देखकर पुनीत का दिल और दिमाग़ दोनो ने एक साथ काम करना बंद कर दिया, पर उसके बिना काम कर रहे दिमाग़ ने एक ऐसी पहेली पैदा कर दी पुनीत के दिमाग़ में कि उसे सबसे पहले इस पहेली का उतर चाहिए,

पुनीत का रहस्या से एक सवाल था जिसका जबाब रहस्या को देना ज़रूरी था।

पुनीत- क्या तुम्हारे पास आकाश का नम्बर पहले से था?

रहस्या- नहीं था, मैंने पहले आपको कॉल किया पर आपका फ़ोन लग नहीं रहा था इसलिए मैंने स्कूल में कॉल किया तब पता चला आप आकाश जी के साथ गए है, मेरे पास इनका नम्बर नही था इसलिए पुलिस स्टेशन में फ़ोन करके आकाश जी का नम्बर लिया और इन्हें सच बताया।

पुनीत-ओह यह बात है।

आकाश- तुम भी कहाँ बेकार की बातों में लगे हो चलो मेम के पास जाओ।

पुनीत-हाँ

सब अंदर कक्ष में प्रवेश किए पर सुशीला जी नीन्द में थी उन्हें आराम की सख़्त ज़रूरत थी इसलिए पुनीत माँ के पास रखी कुर्सी पर जाकर बैठ गया और अपनी माँ को बस देखे जा रहा था, उसका मन अंदर से चीख रहा था, रो रहा था- "जब माँ को तेरी सबसे ज़्यादा ज़रूरत थी तब बस तू उनसे इतना दूर था कि कोई भी तुम तक पहुँच नहीं पा रहा था, पुनीत तू इतना मतलबी हो गया कि तुझे उस एक सवाल के आगे कोई नज़र नहीं आता?" पुनीत के अंदर यह भँवर बस चल रहा था जिसको थमने में बहुत वक़्त लगेगा।

आकाश और रहस्या भी कमरे में मौजूद थे पर तीनो ख़ामोश थे, कमरे में शोर बस मशीने कर रहीं थीं जो सुशीला देवी के आस- पास जगह बना कर रखी थीं. थोड़ी देर के लिए कमरे में

कमरे में शांति थी इतने में आकाश को एक फ़ोन आया जिसको उठाने के लिए वो बाहर गया,

जी मेडम, ज़रूर, हाँ, नहीं, ऐसा कुछ नहीं होगा, मैं आपके दिए वक़्त का ध्यान रखूँगा आप फ़िक्र मत करिए और धन्यबाद मुझ पर भरोसा करने के लिए- आकाश

जब आकाश बात ख़त्म करके पीछे मुड़ा तब वहाँ रहस्या खड़ी थी उसने कहा- बंद करो ये सब आप क्या पट्टी पढ़ा रहे हो पुनीत को?

आकाश- ये आप क्या बोल रही हो, मुझे कुछ समझ नही आ रहा?

रहस्या- अच्छा जैसे कि आपको कुछ पता ही नही है कि पुनीत "स्कूल" का बोलकर कहां जाते है, घर में रहते नहीं है किसी से बात नहीं करते है, क्यों भड़का रहे हो उन्हें उनके ही परिवार के ख़िलाफ़?

आकाश- आप मुझे ग़लत समझ रहे हो ऐसा कुछ नही है।

रहस्या- मैं सब समझती हूँ, जिस तरह से आपने आपका घर बर्बाद किया है ना मेरा मत करिए।

आकाश- हम तो बस मेरी शादी की.........

क्या, क्या कहा आपने (चौंक कर)

रहस्या को देर नही लगी यह भाँपने में कि उसने कुछ ज़्यादा ही बोल दिया है और अब यहाँ से निकलने में ही भलाई है और रहस्या अंदर सुशीलाजी के पास चली गयी, 'आकाश को एक गहरा ज़ख़्म देकर'।

आकाश- ये कैसे मुमकिन है?

संजय- सर ये लीजिए कार की चाबी, क्या हुआ सर जिनको देखने आए है क्या उनकी तबियत ज़्यादा ख़राब है?

आकाश स्तब्ध सा खड़ा हुआ था कि संजय की आवाज़ भी उसे होश में लाने में असमर्थ थी, संजय ने फिर आकाश को दो बार और सर, सर आप ठीक हो कहा, पर आकाश जड़ हो गया था। इस बार संजय ने आकाश को हिलाया और पूछा-

संजय- सर आप ठीक हो ना?

आकाश- हाँ, क्या, हाँ मैं ठीक हूँ।

संजय- क्या हुआ सर, डरने वाली बात है क्या?

आकाश- नही संजय डरने की कोई बात नही।

संजय-तो आप इतने परेशान क्यूँ दिख रहे है?

आकाश- कुछ नही संजय सब ठीक है, संजय तुम मेरा एक काम करो.

संजय- हाँ सर बताइए, क्या करना है?

आकाश- ये लो मोबाइल, इसकी ज़रा डिटेल निकालो, पता करो यह फ़ोन किसके नाम पर है और इसमें जितने लोगों के नम्बर है मुझे उन सबकी जानकारी चाहिए, कब तक हो जायेगा

ये काम?

संजय- सर ये काम तो ट्रैकिंग डिपार्टमेंट के दुबे जी कर सकते है, मैं यह फ़ोन उनको दे देता हूँ और उनको मिशन का भी बता दूँगा कि किसी को भी ना बताए कुछ।

आकाश- हाँ ठीक है.

ऐसा बोलकर संजय आकाश के काम से वापस स्टेशन के लिए निकल गया और इतने में पुनीत आकाश के पास कमरे से बाहर निकला

पुनीत- आकाश माँ ठीक तो हो जायेंगी ना?

आकाश- हाँ पुनीत, डॉ. ने कहा है मेम को जल्दी घर ले जा सकते है, अभी उन्हें आराम की ज़रूरत है।

पुनीत- कैसा हूँ यार मैं, माँ को मेरी ज़रूरत थी और मैं क्या कर रहा था।

आकाश- हमें पता थोड़ी था ऐसा कुछ होगा इसमें तुम्हारी कोई गलती नही है। (दिलासा देते हुए)

पुनीत- बस अब बहुत हुआ मुझे नही जानना कुछ, मैंने मेरे पूरे परिवार को ख़तरे में डाल दिया है, पता नहीं कौन- कौन मेरे घर पर नज़र बनायें हुए है, अगर कभी ऐसा हुआ कि मैं वहाँ नहीं रहा और मेरे घर में कुछ हुआ, या कोई घुस आया लोगों को नुक़सान पहुँचाया तो मैं क्या करूँगा और मेरे पास मेरी माँ के अलावा है ही कौन। (रोते हुए बोला)

आकाश- ये तू कैसी बातें कर रहा है, ऐसा कुछ नहीं होगा तू फ़िक्र मत कर, हम है ना ऐसा कुछ नहीं होने देंगे।

पुनीत- पता नही, अभी भी हम ही थे पर क्या कर लिया हमने?

आकाश- मुसीबत बता कर थोड़ी आती है, पर अब दोबारा से ऐसा कुछ नहीं होगा और जब "सच से तुम सिर्फ़ एक क़दम की दूरी पर हो तो वापस जाना चाहते हो, क्यों पुनीत? "

पुनीत- हाँ, क्योंकि अब मैं थक गया हूँ यार.. बस अब और नहीं, कितना कुछ हो चुका है और अब बस डर लगा रहता है, जहां भी जाओ ऐसा लगता है जैसे सब घूर रहे है, जैसे कि अब बस कोई आएगा और जान से मार देगा।

आकाश- तुमको बस डर लग गया है और ऐसा होना स्वाभाविक भी है पर हमारे पास बहुत से सवाल है जिनके जवाब लिए बिना मैं चैन से नहीं बैठ सकता!

पुनीत- मुझे कुछ नहीं पता, मैं अब बस मेरे घर वालों से दूर नहीं रह सकता, अगर इन्हें कुछ हो गया तो मैं खुद को कभी माफ़ नहीं कर पाऊँगा?

आकाश, मैं तुम्हारी हालत समझ सकता हूँ पर तुम भले ही चुप चाप बैठ जाओ पर मैं नहीं बैठ सकता, "आज मुझे एक नया सवाल मिला है जिसका जबाब मेरे लिए बहुत ज़रूरी है।"

पुनीत- तुम्हें क्या हो गया है? (आश्चर्य से)

आकाश- मुझे क्या होगा ठीक हूँ मैं तो, हाँ ठीक ही हूँ...!

इन सब बातों के बीच आकाश को फिरसे एक कॉल आया- "हाँ, मैं अभी आता हूँ"-

आकाश- चल पुनीत, तू यहाँ रह मैम के पास किसी चीज़ की ज़रूरत हो तो मुझे कॉल कर देना मैं आ जाऊँगा!

पुनीत- ठीक है (बदहवास सी हालत में)

ऐसा बोलकर पुनीत अपनी माँ सुशीला देवी के पास चला गया और आकाश वहाँ के लिए निकल गया जहां से कॉल आया था...।

रहस्या ने आकाश से ऐसा क्या बोल दिया कि आकाश के दिमाग़ में एक सवाल ने जन्म ले लिया, क्या रहस्या आकाश को जानती है आख़िर कौन था वो शख़्स जिसने आकाश को कॉल किया था, इन सवालों के जवाब खोजेंगे अगले अध्याय में...!

ज़िंदगी में हर व्यक्ति किसी ना किसी सवाल का जवाब "ढूँढ" रहा होता है...!

प्रतिज्ञा श्रीवास्तव

18

बिसात बिछाना

"**वक़्त**की चाल और धोखेबाज़ की पहचान" भाँपना आसान नहीं होता, कब, कहाँ, क्यों, कैसे कौन वक़्त के हाथों मजबूर हो, धोखेबाज़ बन जाए...

आकाश के दिमाग़ में कौतूहल अपनी चरम सीमा पर है जबसे रहस्या और उसके बीच वो बात हुई है 'जो शायद उन दोनो के बीच नहीं होनी चाहिए थीं,' रहस्या को भी इस बात का आभास हो चुका था कि उसने कुछ ग़लत बोल दिया और अब इन दोनो के बीच दूसरी बार बात की वज़ह क्या होगी?

पुनीत अपनी माँ के पास लौट गया और आकाश अपने सवालों के जवाब लेने के लिए एक कदम और आगे बढ़ गया पर इस बार पुनीत का हमसफ़र बनकर नहीं बल्कि अपने अलग सफ़र पर जिसका रास्ता रहस्या ने दिखाया है, आकाश की गाड़ी लगभग १५ से १८ मिनट चली और फिर एक पुरानी सी बिल्डिंग के सामने आकर रुक गई जहां दो लोग उसका इंतेज़ार कर रहे थे।

एक आदमी- (सफ़ेद बाल, आँखो पर चश्मा हाथ में लाठी और उम्र यहीं कोई साँठ बरस के आस- पास) नमस्ते सर...

आकाश- जी नमस्ते. तो आप है इस जगह के मालिक?

बुजुर्ग आदमी- जी हाँ, यह मेरा ही घर है।

आकाश- कितने सालो से?

बुज़ुर्ग आदमी- मेरा जन्म यहीं हुआ है, मेरे पिताजी का भी, उसके पहले का इतिहास तो नहीं पता मुझे।

आकाश- ठीक है आप मुझे चाबी दीजिए और यहीं रहिए अगर कोई आए तो उसे रोककर रखना, या कोई आवाज़ करना।

बुज़ुर्ग आदमी- ठीक है मैं ज़ोर से ख़ास दूँगा.

आकाश- (हँसते हुए) ठीक है.

इधर पुनीत सुशीला जी के पास बैठा हुआ है और उनसे नज़रे मिलाने की कोशिश करते हुए, अपनी माँ का हाथ ज़ोरों से थाम कर रखे हुए है।

सुशीला जी- बेटा पुनीत,

पुनीत- हाँ माँ. ।

सुशीला जी- मुझे लगता है कि...

पुनीत- मुझे माफ़ कर दो माँ, मैं ख़ुद को कभी माफ़ नहीं कर पाऊँगा (रोते हुए)

सुशीला जी- ऐसा क्यों कह रहा है?

पुनीत- माँ जब आपको मेरी सबसे ज़्यादा ज़रूरत थी तभी मैं आ नहीं पाया, माँ मैं बहुत बुरा बेटा हूँ ना? (रोते हुए माँ के हाथों पर सर रखकर रोते हुए)

सुशीला जी- नहीं पुनीत, ऐसा क्यूँ कहता है,

किसे पता था कि ऐसा कुछ हो जाएगा, वरना तू ऐसा होने ही नहीं देता.

पुनीत- हाँ माँ,

रहस्या- माँ अब आप आराम करो, मैं यहीं हूँ...।

सुशीला जी अपने सामने बेटे और बहू को देखकर इस बात से ख़ुश है कि चलो, बुरे हालात में ही सही पर दोनो साथ तो हो सकते है...।

इधर आकाश को किसी के भी खासने की आवाज़ नहीं आई और आकाश दस मिनट के बाद उस बुज़ुर्ग आदमी के पास वापस आ गया

और कहा- धन्यवाद आपका, कोई आया तो नहीं.?

बुज़ुर्ग आदमी- नहीं ऐसा तो कोई भी नहीं आया।

आकाश- ठीक है और याद रहे, इस बारे में किसी को भी नहीं बताना, वरना क़ानून का उल्लंघन करने के जुर्म में अंदर कर दूँगा, और आपकी

उम्र का भी लिहाज़ नहीं करूँगा.

बुजुर्ग आदमी- अब आपका काम हो गया तो धमका रहे हो, मुझे क्या लेना देना, मैं किसे क्या बताऊँगा?

आकाश- ठीक है, फिरसे धन्यवाद।

बुजुर्ग और आकाश की बात बस समाप्त होने की कगार पर ही थी कि आकाश के पास संजय का फ़ोन आता है और आकाश ने कहा- मुझे भी यहीं लगा था संजय, तुम सारे सबूत लेकर अस्पताल पहुँचो मैं तुम्हें वहीं मिलता हूँ, पर एक बात याद रखना अस्पताल पहुँचकर कार से उतरने से पहले मुझे फ़ोन करना और मैं जब बोलूँ जहां बोलूँ वहाँ आना और हाँ, मैं तुम्हें एक पता भेज रहा हूँ पहले वहाँ जाओ एक- दो लोगों को लेकर फिर अस्पताल आना, बोलकर आकाश ने फ़ोन रख दिया।

तुम उन दोनो को लेकर अस्पताल पहुँच जाना समय से मैं अस्पताल जाता हूँ पुनीत के पास, वैसे तुम ये अकेले कर पाओगे?

और सामने से जवाब आया- "हाँ..."

एक बार फिरसे सवालों की झड़ी आपका इंतेज़ार कर रही है...।

१-आख़िर आकाश के साथ एक दूसरा शख़्स कौन है?

२- आकाश उस जगह आख़िर कर क्या रहा था?

३-आकाश ने संजय को कहाँ का पता भेजा है?

४- उस दूसरे शख़्स ने आकाश को किस बात के लिए "हाँ" कहा है?

५- आकाश किन दो लोगों की बात कर रहा है?

६- आकाश सबको अस्पताल में क्यों बुला रहा है?

इन सब सवालों के जवाब अगले अध्याय में आपका इंतेज़ार कर रहे है...।

[OBJ]

अगला पल आपके लिए क्या ला रहा है, आपको "खुद" भी नहीं पता होता...।

प्रतिज्ञा श्रीवास्तव

19

दिशा- निर्देशन

अक्सरलोगों को कहते सुना है, तूफ़ान से पहले एकदम शांति छा जाती है पर वो तूफ़ान कितनी देर तक चलेगा ये बात वो "शान्ति" भी नहीं बताती, ऐसा ही एक तूफ़ान उठ रहा था जिसका दिशा- निर्देशन आकाश कर रहा था, ये तूफ़ान किसकी ज़िंदगी में कितनी तबाही मचायेगा ये तो वक़्त ही बताएगा।

आकाश अस्पताल के लिए निकल गया था, दिल दिमाग़ और ज़हन में कुछ बातें लिए या ये कहे एक "ज्वालामुखी" लिए जो कभी भी फूटने के लिए तैयार खड़ा है. आकाश कुछ ही मिनटों में पुनीत के पास अस्पताल पहुँच गया जहाँ पुनीत अभी भी सुशीला देवी के पलंग के पास बैठा हुआ था और रहस्या भी वहीं पास थी, आकाश को आते देख रहस्या खड़ी हो गई एक अच्छी बहू की तरह, अपने घर आने वाले मेहमान की मेज़बानी करते हुए,

इससे सभी का ध्यान आकाश की तरफ़ गया और सुशीला जी ने मुस्कुराते हुए बोला- आओ आकाश

आकाश-अब आपकी तबियत कैसी है? (रहस्या जहाँ बैठी थी वहाँ बैठते हुए)

सुशीला जी- अब मैं पहले से काफ़ी ठीक हूँ.

आकाश- आपको ठीक होना भी चाहिए, अब आप बस आराम करिए और बाक़ी के काम हम पर छोड़ दीजिए.

सुशीला जी- हाँ बेटा, अब बस तुम आ गए हो तो काहे की फ़िक्र.

पुनीत- हाँ माँ.

आकाश- मेम, अब आप आराम करिए (आकाश खड़े होते हुए और पुनीत को बाहर चलने का इशारा देते हुए)

पुनीत- (सुशीला जी और रहस्या से) मैं आता हूँ ज़रा और कमरे से पुनीत और आकाश दोनो बाहर निकल जाते है.

बाहर की बेंच पर पुनीत बैठते हुए

पुनीत- यार ये क्या हो रहा है, कभी तो सब ठीक होता हुआ दिखाई दे?

आकाश- सब ठीक ही होगा, और नहीं होगा तो मैं हूँ ना सब ठीक कर दूँगा।

पुनीत- भाई क्या ठीक कर देगा तू, क्या दिख रहा है तुझे ठीक करने लायक़?

आकाश- तो तू क्या चाहता है, कि मैं बस हाथ पर हाथ रखकर बैठा रहूँ, अपने दिमाग़ में चल रहे सवालों का जवाब भी ना खोजूँ?

पुनीत- मैंने ऐसा नहीं कहा आकाश, मेरी बात का तुम ग़लत मतलब निकाल रहे हो.

आकाश- तो फिर चलो मेरे साथ पुनीत, थोड़ा काम है मुझे.

पुनीत- क्या काम है तुझे?

आकाश- "सच का पता" लगाना है आज नहीं तो कल ज़रूर से पर अभी तुम मेरे साथ चलो।

पुनीत- मुझे नही जाना है, मैं माँ को छोड़कर कहीं नहीं जाऊँगा बस।

आकाश- हँसते हुए (माहौल को थोड़ा हल्का बनाने के लिए) मज़ाक़ कर रहा हूँ यार, अरे तू क्या सोच रहा है कहाँ ले जा रहा हूँ मैं...?

पुनीत- मुझे क्या पता, क्या चल रहा है तेरे दिमाग़ में।

आकाश- अरे ऐसा कुछ नहीं है, बग़ल के कमरे तक जाना है सिर्फ़, मेरे एक परिचित है जो इसी अस्पताल में है उनकी भी तबियत ख़राब हो गयी थी तो सोचा यहाँ हूँ तो उनके भी हाल- चाल ले लूँ. अब बताओ चल रहे हो क्या?

जल्दी आ जाना तुम मैं और संजय रुक जायेंगे वहाँ।

पुनीत- संजय, पर वो तो यहाँ नहीं है ना?

आकाश- वो ऑफ़िस के किसी काम से गया था आता ही होगा, जब तक वो आएगा तब तक अपन ही चलते है.

पुनीत- ठीक है, पर ज़्यादा देर नहीं रुकूँगा वहाँ.

और ऐसा कहकर पुनीत रहस्या के पास गया और बोला- माँ सो गयीं?

रहस्या- हाँ, डॉक्टर ने इंजेक्शन लगाया था इसलिए नींद आ गई होगी।

आकाश- ठीक है, मैं यहीं पास में हूँ माँ नीन्द से जाग जायें तो मुझे कॉल कर देना मैं आ जाऊँगा.

रहस्या- पर आप जा कहां रहे है, माँ की ऐसी हालत है और आपको अभी भी भागना है, क्यों, किसलिए, किसके लिए?

पुनीत-ऐसा नही है मैं कहीं नही भाग रहा, वो आकाश के ख़ास परिचित इसी अस्पताल में है बस उनसे ही मिलने जा रहा हूँ, अभी आजाऊँगा थोड़ी देर में।

रहस्या - आपको समझ नहीं आता या दिखाई नहीं देता, आपका दोस्त आपकी ज़िंदगी बर्बाद कर रहा है।

पुनीत- ऐसा कुछ नहीं है, तुम उसके बारे में ग़लत सोच रही हो ।

रहस्या- वो आपको आपके घर से, मुझसे दूर करने की कोशिश कर रहा है और काफ़ी हद तक कामयाब भी है, दिख रहा है मुझे।

पुनीत- हाँ, उसने मुझे वश में करके रखा है जादू- टोना से, मेरा खुद का तो दिमाग़ ही नहीं है?

रहस्या- नहीं है, इसलिए इतना कुछ होने के बाद भी आप उसके साथ पता नहीं कहाँ जा रहे हो वो भी बीमार माँ और अकेली पत्नी को छोड़कर!

पुनीत- मैंने बस ये कहा है कि मैं बस यहीं अस्पताल के ही एक रूम में जा रहा हूँ, पास में बहुत पास कि तुम आवाज़ दोगी तब भी आ जाऊँगा।

रहस्या- ठीक है, वैसे भी आप सुनोगे तो हो नही, और मेरी बातों का कुछ असर तो होना नहीं है तो बस फिर "जाइए" ।

पुनीत- हाँ, यहीं हूँ बस।

रहस्या और पुनीत के बीच की परिस्तिथियां

उन दोनो को आपस में लड़ने की इजाज़त नहीं दे रहीं थीं और आकाश बाहर खड़े हुए रहस्या के दिल में उसके लिए "नफ़रत का घर" बनते हुए देख रहा था पर पुनीत के दिमाग में रहस्या की बातों ने घाव ज़रूर बना दिए जो आकाश की दोस्ती पर प्रश्नचिंह लगाने के लिए काफ़ी थे। यहीं सोचकर रहस्या ने पुनीत को जाने दिया कि "आज नहीं यो कल पुनीत की आँखो से आकाश की झूठी दोस्ती का पर्दा उठेगा ही"

पुनीत- (बाहर आते हुए) चल भाई, एंड सॉरी अगर तूने कुछ सुना हो तो.

आकाश- नहीं भाई कोई ना. (मंद मुस्कुराहट के साथ)

पुनीत और आकाश "ख़ास परिचित" के पास जाने के लिए निकल गए, अस्पताल की सीढ़ियों से ऊपर जाकर खड़े हुए ही थे कि अस्पताल कपड़ों में एक सज्जन सामने खड़े थे,

ये लीजिए सर चाबी पर जल्दी करियेगा और सावधानी से, जब आपका काम हो जाए आप मुझे आवाज़ दे देना मैं यहीं सामने वाले हॉल में हूँ और बोलकर वो सज्जन सामने के हॉल में चले गए,

पुनीत ने आकाश की ओर देखा और बोला

क्या इस कमरे में है तेरे जान पहचान वाले अड्मिट?

"कौन था वह शख़्स, क्या आकाश ने पुनीत से झूठ बोला था,

तो क्या आकाश किसी से मिलने के लिए नहीं जा रहा

आख़िर यह किस ताले की चाबी है"

इन सवालों के जबाब आपको अगले अध्याय में मिलेंगे।

क़दम चाहे "**पहला**" हो या "**आख़िरी**" मंज़िल पाने के लिए दोनो ज़रूरी
होते है।
प्रतिज्ञा श्रीवास्तव

20

परिणाम की प्रतीक्षा

क्या एक पल, एक लम्हा, एक घड़ी, एक सेकण्ड काफ़ी है न्याय करने के लिए, ख़ासकर उस अन्याय का जो "सदियों से न्याय की प्रतीक्षा में लीन हो"

वो अन्याय जो पुनीत के साथ हो रहा है, वो जो रहस्या के लिए किया जा रहा है, वो अन्याय जिसमें ना चाहते हुए भी आकाश शामिल हो गया है, फिर आकाश और रहस्या के बीच की बार्तालाप ने आकाश को "एक सवाल" क्यूँ दे दिया जिसका जवाब उसे पुनीत के सवालों से भी ज़रूरी लगा, पर आख़िर क्यों?

आकाश, और पुनीत के पास "उस दरवाज़े के ताले की चाबी थी जिसके पीछे सारे राज़ दफ़न थे"। आकाश ने दरवाज़े का भारी-भरकम, मोटा सा, पुराने ज़माने वाला ताला खोला वो भी भारी मशक़्क़त के बाद, उन सालो से बंद दरवाज़ों को खोलते ही धूल का एक झोंका दोनो को छू गया। अपनी आँखो से धूल की परत को हटाते हुए उस कमरे में दाख़िल हुए, जहाँ एक हल्की सी रोशनी में से बिजली का बोर्ड ढूँढना आसान हो गया और जैसे ही लाइट चालू हुई, तब पुनीत का बस एक सवाल था- "क्या यह रिकार्ड रूम है?

और आकाश का एक साँस में जवाब - हाँ

पुनीत- यार, ये कैसे?

आकाश- बातें बाद में करेंगे पहले हमें हमारा काम ख़त्म करना है ज़्यादा वक़्त नहीं मिला हमें. इस कमरे में हर तरह का लेखा है जन्म का भी और किसी को भर्ती किया हो उसका भी सबकुछ देखना है हमें.

पुनीत- हाँ तुम सही कह रहे...

आकाश और पुनीत की बात ख़त्म भी नहीं हुई थी कि दरवाज़े पर एक दस्तक हुई...

खट-खट-खट...

आकाश और पुनीत दोनो एकदम से शांत हो गए, जहां खड़े थे बस वहीं खड़े रहे पर फिर आकाश ने हल्के कदमों के साथ दरवाज़े की तरफ़ बढ़ा और उस साइड से एक मध्यम आवाज़ आई...

मैं हूँ सर दरवाज़ा खोलिए...

तब जाकर आकाश और पुनीत की जान में जान आई... संजय है।

दरवाज़ा खोलते ही आकाश ने संजय को बोला- अच्छा हुआ तुम समय पर आ गए, हमें काम शुरू करना है ज़्यादा वक़्त नहीं मिला...

हाँ, किसी ने आते हुए देखा तो नहीं ना...

संजय- नहीं सर, पर मुझे आपको बहुत ज़रूरी बात बतानी है...

आकाश बाद में बताना...संजय तुम उस साइड देखो "ए या आ नाम से" जन्म वाले, पुनीत तुम उस जगह देखो एडमिट वाले में।

पुनीत- और तुम?

आकाश- मुझे भी यहाँ एक काम है, मैं वो देखूँगा।

हाँ सबके पास वक़्त की कमी थी और काम की अधिकता पर तब भी सब अपना सौ प्रतिशत दे रहे थे, हर एक जगह पर पहले धूल साफ़ करना फिर नाम ढूँढना, 'आसान काम थोड़ी है कोई"

संजय- सर यहाँ बहुत सी फ़ाइलें है पर "ए या आ नाम की कहीं नज़र नहीं आ रही"

आकाश -वहीं होंगी ज़रा अच्छे से देखो।

संजय- (बड़ी मुश्किल से संजय को एक फाइल मिली और तभी संजय ने आकाश से कहा)- सर, मुझे कुछ कहना है, ये सब तो...

आकाश- मुझे पता है संजय अभी थोड़ी देर चुप रहो प्लीज़।

पुनीत-मुझे नहीं मिल रही कहीं भी कोई फ़ाइल अब कहा से ढूँढकर लाऊँ (गुस्से से)

कहाँ हो आकाश, मैंने यहाँ देख लिया है कोई "ए या आ" नाम से फ़ाइल ही नहीं है, तुम्हें मिली क्या?

आकाश- अब नहीं मिल रही तो चलो चलते है यहाँ से।

पुनीत- तुमने मेरा वक़्त बर्बाद किया, मैं अपनी माँ को छोड़कर आया हूँ यहाँ इसलिए नही कि "ख़ाली हाथ निकल जाऊँ यहाँ से, तुम बताओ ये सब चल क्या रहा है हमने ये पूरा कमरा छान मारा कहाँ है ये आराध्य की फ़ाइल,ज़रूर तुमने किसी को भेजकर वो फ़ाइल कहीं छुपा दी होगी ताकि मुझे मेरे सवालों के जबाब ना मिले"

आकाश- मैंने वक़्त बर्बाद किया तुम्हारा वाह!

ये सिला दे रहे हो तुम, ये संजय अपना काम, अपना घर- परिवार छोड़कर दिन रात भटक रहा हमारे साथ ये नज़र नही आ रहा तुम्हें।

मेरा सोच, अभी मुझे शादी की तैयारियों में व्यस्त होना चाहिए था और मैं यहाँ तेरे शक को दूर करने में लगा हुआ हूँ और तब भी तुम हम लोगों को ऐसे बोलोगे।

पुनीत- तो मैं और क्या बोलूँ तुम बताओ?

आकाश- हाँ जैसेकी मुझे बुरा नहीं लग रहा, मेरे भी तो काफ़ी सारे सवाल थे।

संजय- तो क्या सर यह आपका व्यक्तिगत मिशन था, तो आपने पहले क्यूँ नही बताया था, मैं यह सोचकर खुश हो रहा था कि मैं सरकार के किसी ख़ास मिशन पर हूँ इसके बाद मुझे प्रमोशन मिलेगा और मैं अपना सारा काम धाम छोड़कर चला आया आपके साथ।

आकाश- संजय प्लीज़, अब तुम शुरू मत करो, तुम्हें सच ना बताने की एक वज़ह थी अगर बता देते तो तुम आते नहीं और तुमको बस तुम्हारा काम दिख रहा है पुनीत को देखो पता नही कितनी रातों से सोया नहीं है यह, हालत देखो इसकी अपनी बीमार माँ को छोड़कर आया है, मेरी शादी रुक गयी है तो सोचो हमारे लिए सच जानना कितना ज़रूरी है।

पुनीत- अब कैसे ढूँढेंगे उसे यहीं तो एक आख़िरी उम्मीद बची थी. सब ख़त्म हो गया यार (रोते हुए) अब मुझे कैसे पता चलेगा "कौन है ये आराध्य और क्या रिश्ता है इसका रहस्या के साथ?"

आकाश- तुम थोड़ा....

दरवाज़े पर दस्तक हुई और आकाश ने दरवाज़े की तरफ़ बढ़ते हुए बोला" शायद वो चाबी लेने आ गया है, चलो चलते है यहाँ से" और दरवाज़ा खोला तो सामने रहस्या खड़ी थी, उसको देख सब दंग रह गये और रहस्या खड़ी थी एक सवाल के साथ -

"आप लोग यहाँ रिकार्ड रूम में क्या कर रहे हो,वो भी चोरी-छुपे"

आख़िर संजय आकाश को बार- बार क्या बताने की कोशिश कर रहा था,

क्यों आकाश ने संजय को चुप रहने के लिए कहा,

रहस्या उस कमरे तक पहुँची कैसे,

क्या उसने संजय को आते हुए देख लिया था...

अब आकाश का क्या जवाब होगा...

ये सब जानते है अगले अध्याय में...

खेल में संभलकर रहना चाहिए "**बाज़ी**" आपके हाथ से कभी भी फिसल सकती है.
प्रतिज्ञा श्रीवास्तव

21
सच से सामना

सवाल जवाब के बीच झूलता हुआ इंसान बस एक कश्मकश में रहता है "अगर जवाब मिल गया तब क्या और अगर नहीं मिला तब क्या?"

आकाश, पुनीत और संजय उस सवाल का जवाब खोज रहे थे जो शायद सवाल था ही नहीं, पर "आकाश को जो जवाब मिला वो भी किसी सवाल से कम नहीं"

रहस्या- बताइये मुझे कि "आप लोग यहाँ रिकार्ड रूम में क्या कर रहे हो,वो भी चोरी-छुपे"

पुनीत- तुम यहाँ क्या कर रही हो, तुमको कैसे पता हम लोग यहाँ पर है?

(पुनीत की बात आकाश बीच में काटते हुए)

आकाश- अच्छा हुआ तुम खुद आ गयीं हम सब तुम्हारे पास ही आने वाले थे (अंदर आने का इशारा करते हुए और रहस्या के अंदर आते ही दरवाज़ा बंद किया आकाश ने)

तो अब चुप चाप सीधे तरीक़े से बता दो "कौन हो तुम?"

पुनीत- तू पागल हो गया है आकाश, ये कैसी बहकी-बहकी बाते कर रहा है?

आकाश- (पुनीत की बातों को अनदेखा करते हुए)- मैंने कुछ पूँछा है तुमसे जवाब दो

"कौन हो तुम और क्या चल रहा है यहाँ" (रहस्या से)

पुनीत- तू थोड़ा शांत हो जा, तू यह किस तरह से बात कर रहा है?

आकाश- तू नहीं जानता पुनीत ये कितनी चालबाज़ और धोखेबाज़ है, पता नहीं क्या है, तू मुझे बात करने दे इससे।

पुनीत- बात कर, पर तमीज़ के साथ भूल मत वाइफ़ है मेरी ये।

रहस्या चुप चाप खड़ी थी दोनो दोस्तों की बातें सुन रही थी और बिना कुछ बोले वो बस जाने के लिए पलटी थी की आकाश ने गन निकाल कर रहस्या के सामने तान दी

आकाश- ऐसे नही बोलोगी ना तुम तो क्या मुझे तुम पर गोली चलानी होगी?

वहाँ खड़े सब लोग घबरा गए आकाश के इस बर्ताब से पर रहस्या शांत खड़ी थी उसके चेहरे पर कोई भाव नही थे जो बात आकाश को और चिढ़ा दी।

पुनीत- (रहस्या के सामने आकर) तू पागल है क्या गन दिखा रहा है, चल जायेगी रख इसे वापस और ऐसे कैसे सवाल कर रहा है तू,अचानक से क्या हो गया है तुझे?

आकाश- मुझे क्या हुआ है क्या तुझे नहीं पता इतने समय तक साथ में घुम रहा है तू नही जानता क्या हो हुआ है, भाई अब मैं थक गया हूँ बहुत बुरे तरह से हार रहा हूँ हालातों से, पर मैं हार नही मानूँगा मुझे मेरे एक एक सवाल का जवाब चाहिए इससे।

पुनीत- हाँ तुम बात करो कोई मना नहीं कर रहा है पर ये गन हटा लो सामने से, गलती से गोली चल गयीं तो कोई मर भी सकता है।

आकाश- हाँ आज किसी ना किसी की मौत तो होनी ही है और वो होगी इस जासूस ख़बरी लड़की की।

पुनीत- तू क्या बक रहा है, मेरे सर के ऊपर से जा रही है सारी बातें।

आकाश- तू हट जा सामने से या तो ये लड़की पागल है या हमें पागल बना रही है, तू ख़ुद बात कर इससे और पूछ इससे, - "कौन है ये और क्या है ये, क्या दुश्मनी है इसकी हम सबसे जो ऐसे बदला ले रही है?"

पुनीत- रहस्या तुम जाओ मैं इससे बात करता हूँ, शायद ये थक गया है होश में नही है

आकाश ने गन पुनीत पर तान दी और रहस्या से कहा- तुम चुप चाप सारी बाते बताओ वरना मैं तुम्हारे पुनीत को गोली मार दूँगा

संजय और पुनीत की आँखो में खौफ़ साफ़ नज़र आ रहा था पर रहस्या के चेहरे पर कोई भाव नहीं थे वो बस चुप खड़ी थी तभी पुनीत ने आकाश से कहा-

तुम गन वापस रखो हम बात करते है सारे सवालों के जवाब लेंगे पर पहले गन नीचे रख दो, तुम किसको गोली मारना चाहते हो अपने बचपन के दोस्त को?

आकाश ने गन पुनीत पर से हटा कर रहस्या पर तान दी फिरसे और बोला तो तू इसको बचायेगा अब जिसने तेरी जान ख़तरे में है ये जानने के बाद भी एक शब्द नही निकाला मुँह से, मैंने इस पर इतने संगीन आरोप लगायें तब भी यह चुप है, क्या तुझे ये बात अजीब सी नहीं लगती,

ये क्या पता क्या है कौन है और पता नहीं कहाँ से आई है? क्या तुम्हें मेरे किसी दुश्मन ने भेजा है मुझसे बदला लेने के लिए? आखिर चाहती क्या हो क्यों कर रही हो ये सब?

मेरे सब्र का बाँध टूट रहा है अब मैं गोली मार दूँगा.।

पुनीत- क्या हुआ है आकाश, क्या तुम मुझसे कुछ छुपा रहे हो?

आकाश- छुपाया तो इस लड़की ने है हमसे ना जाने कौन सा mind game खेल रही है हमारे साथ, इसको तेरे बारे में सब पता है इसको सब कुछ कैसे पता? (गुस्से से आग बबूला होते हुए)

पुनीत- क्या... (सदमे से) ये कैसे मुमकिन है... पर ये ऐसा क्यूँ करेगी?

आकाश- क्योंकि इसने ऐसा किया है तू खुद सोच तुझे, संजय को और मुझे आराध्य की फ़ाइल क्यूँ नहीं मिली इतना खोजने के बाद भी?

पुनीत- तो क्या इसने आराध्य की फ़ाइल छुपा दी है, (रहस्या को देखते हुए) "क्या तुमको पता था रहस्या कि मैं आराध्य के बारे में जानकारी जुटा रहा हूँ, इसलिए आराध्य का कहीं भी कोई सुराग नहीं मिला हमें"

आकाश- सिर्फ़ आराध्य ही नहीं इस कमरे में जितनी भी फ़ाइल है सब कोरी है किसी भी फ़ाइल में एक शब्द भी नहीं लिखा. सरकारी ज़िला

अस्पताल में जहां सबका रिकार्ड रहता है वहाँ बस ख़ाली पन्ने है और तो और इधर हममे से किसी का भी कोई रिकार्ड नहीं

तू तो इसी अस्पताल में पैदा हुआ है ना, तेरा तक रिकार्ड नहीं। मेरे परिवार का या तेरे परिवार का या संजय के परिवार का

यहाँ तक की इस रहस्या और इसकी माँ के नाम की ख़ाली फ़ाइल तक नहीं मिली।" कहाँ गया सबकुछ"?

पुनीत- (सारी फ़ाइलों में से दो तीन चार देखने के बाद) मैंने तो किसी भी फाइल को देखा तक नहीं...

आकाश सच बोल रहा है यहाँ तो कुछ भी नहीं है तो क्या इसने अस्सी हज़ार से भी ज़्यादा फ़ाइलों को ग़ायब करवा दिया है?

आकाश- ये कुछ भी कर सकती है इसे मेरे बारे में भी सब पता है "वो भी जो किसी और को पता हो ही नहीं सकता मेरे अलावा, वो बातें जो मैंने अपने मुँह से तक नहीं निकाली वो तक इसको पता है कैसे? मैंने पुलिस स्टेशन फ़ोन किया था वहाँ किसी का फ़ोन नही पहुँचा जिसने मेरे बारे में या मेरा नम्बर पूँछा हो तो "फिर इसके पास मेरा फ़ोन नम्बर कैसे आया और इसने मुझे फ़ोन कैसे लगाया?"

मैंने इसकी माँ जानकी देवी और इसके बारे में जानने की बहुत कोशिश की पर "वो उनके घर से अचानक कहीं ग़ायब हो गयीं बिना घर के बाहर कदम रखे, उनके पड़ोसियों ने उन्हें कहीं बाहर जाते हुए नहीं देखा हफ़्तों से, शायद इसने जानकी जी को जान से मारकर घर में ही कहीं गाड़ दिया है? ।"

पुनीत- (रहस्या को शक की नज़रों से देखते हुए) रहस्या चुप क्यों हो जवाब दो आकाश ने बहुत गंभीर आरोप लगाये है तुम पर.

क्या तुमने सच में तुम्हारी माँ को मार दिया?

क्या है ये सब? क्या हो रहा है यहाँ? कहाँ है आराध्य?

बस करो, भगवान के लिए सब चुप हो जाओ

ठीक है मैं सब सच- सच बताती हूँ पहली बात मैं किसी की ख़बरी या जासूस नहीं हूँ जो तुम लोगों पर नज़र रखने आई है और दूसरी बात "मैंने अपनी माँ को नहीं मारा है मैं क्यूँ करूँगी ऐसा, क्या मिलेगा मुझे, हाँ मैं ये बात मानती हूँ कि मैंने तुमसे बहुत कुछ छुपाया है पुनीत पर कई बार

मैंने तुम्हें सच बताने की कोशिश भी की थी पर तुम मुझसे बात ही नहीं करते थे, मिलते नहीं थे, देखते नहीं थे, घर आते नहीं थे दिनो दिन तक मैं अगर बताती तो कैसे?

(गहरी साँस लेने के बाद)

पर पुनीत पर इसका मतलब ये नहीं है कि मैं किसी का खून कर दूँगी ख़ासकर उनका जो मेरी माँ है।

आकाश- हैं या थीं? कहाँ है वो? क्या किया तुमने उनके साथ, क्या तुमने इससे पहले भी किसी का खून किया है? सच बताओ।

रहस्या- मैंने कहा ना, मैंने किसी को नहीं मारा है ये आकाश तुमसे झूठ बोल रहा है ताकि हम दोनो के बीच के इस रिश्ते को ख़त्म कर सके..

दिखता नहीं पुनीत तुम्हें, मेरे लिए फाइल ग़ायब करवाना आसान काम नहीं है पर इसके लिए तो आसान है, ये तो पुलिस वाला है।

आकाश- हाँ और फाइल ग़ायब करवाकर मैं क्या करूँगा ख़ासकर वो जिनमे मेरे सवालों के जवाब है...(आकाश का सीधा सवाल रहस्या पर)

रहस्या- मुझे क्या पता, तुम कौन सी दुश्मनी निकाल रहे हो इससे...क्या मिल जाएगा तुम्हें हम दोनो की ज़िंदगी बर्बाद करके (आकाश से)

पुनीत- अब तुम आकाश को दोषी बना रही हो, हमारे रिश्ते में वैसे भी कुछ बचा नहीं है रहस्या, पर अभी जो कुछ भी सामने आया है उसके बाद मुझे तुमपर ज़रा सा भी यक़ीन नहीं, मुझे बस इतना जानना है "कौन है आराध्य और इससे तुम्हारा क्या रिश्ता है और अगर वो यहाँ है तो बुलाओ उसे, जब सच सामने आ गया है तो उसे भी सामने आ जाने दो?"

रहस्या- तुम्हें क्या पता सच सामने आया है भी या नहीं, मैं तो कबसे तुम्हें बताना चाह रही थी पर....

आकाश- पुनीत तू इसकी कहानी पर क्यों यक़ीन कर रहा है इसका सारा खेल खुल गया है, तू केस कर इसपर मेरे पास इसके ख़िलाफ़ काफ़ी सारे सबूत है...!

पुनीत और रहस्या साथ में- कैसे सबूत.?

आकाश- रुको ज़रा अभी दूध का दूध और पानी का पानी हो जाएगा (आकाश किसी को फ़ोन करते हुए.. ले आओ ज़रा सबको)

कमरे में इतना सन्नाटा छा गया कि दो पल के लिए दिलो की धड़कनो की आवाज़ गूंजने लगी.. और वो घड़ी भी आ गई जब दरवाज़े पर दस्तक हुई.. खट खट खट...

संजय ने दरवाज़ा खोला तो जाना पहचाना चेहरा सामने खड़ा था... इतने में आकाश ने तेज़ आवाज़ में कहा...

आओ सब लोग अंदर और खड़े हो जाओ लाइन में...

आकाश का पुनीत और रहस्या से सवाल.

पहचाना इनको... ये रहस्या के बिछाए हुए प्यादे है..

पुनीत- ये लोग तो देखे हुए से लग रहे है..क्या ये तेरी ताई हैं?

आकाश- मैं देता हूँ परिचय-

ये है अर्जुन, मेरा सारथी. वो चाय की दुकान जहां मैंने चाय पी थी.. ये उन्ही का बेटा है. इसके साथ मिलकर मैंने रहस्या के षड्यंत्र का पता लगाया, पहले इसने रवि पर नज़र रखी फिर पता चला ये स्कूल जाने के बहाने वो बाज़ार वाले चौक में एक फ़्लैट में जाता है फिर अर्जुन और मैंने उस जगह की तलाशी ली जिसने सारे राज़ खोल दिए...

ये हैं अंजू, मेरी ताई... जिन्होंने जिस थाली में खाया उसी में छेद कर दिया... मेरे ही घर में मुझ पर नज़र रखने के लिए मेरे ही विश्वास को चोटिल किया... कैसे सो जाते हो आप रात में... अपने बेटे जैसे इंसान को धोखा देकर... ख़ैर...... (ताई नज़रे झुकाए खड़ी थीं आकाश ने नज़रे मिलाने की हिम्मत नहीं हो रहीं थी)

दरसल ये अंजू नहीं रमा तिनगुरिया जी हैं, दूसरे शहर के सरकारी अस्पताल की नर्स जिन्होंने किसी के कहने पर अपनी अच्छी- खासी नौकरी छोड़ दी और यहाँ आकर मेरे घर में नौकरानी बनकर काम कर रहीं थीं...

(मैकेनिक के लड़के की तरफ़ इशारा करते हुए) ये हैं वो भाईसाहब जो तेरे घर पर नज़र रखे हुए थे और पता है ये हैं कौन.. ये है वो मैकेनिक का मुँह बोला बेटा, और ताई का असली बेटा.... जीतू उर्फ़ रवि.. जो कि नौ वी कक्षा का नहीं बल्कि पुलिस का एक जवान रह चुका है, फिर अचानक से नौकरी छोड़कर यहाँ आ गया..तेरा उस दिन जो ऐक्सिडेंट हुआ था उसमें इसका ही हाथ था.. गलती इसकी ये कि इसने वो कीले उपयोग की जो

मैकेनिक की दुकान में रखी थीं..

पुनीत और संजय की आँखे फटी की फटी रह गयीं, दोनो हथप्रभ थे...और रहस्या आँखे नीचे झुकाए खड़ी थी..

आकाश ने फिर पासे फेंकना शुरू किया- तुझे याद है पुनीत तेरे घर के सामने इस रवि ने मोबाइल छोड़ दिया था?

पुनीत- हाँ बहुत अच्छी तरह याद है...

आकाश- वो मोबाइल संजय को दिया था सब कुछ पता लगाने के लिए और उसमें से क्या निकला, एक नम्बर जिसपर "BOSS" लिखा था वो किसका था?

पुनीत- किसका?

आकाश- तुम्हारी धर्म- पत्नी रहस्या का...

पुनीत, संजय आश्चर्य से - क्या....

रहस्या चुप चाप खड़ी रमा और रवि को देख रही थी जैसे बोल रही हो... अब क्या करें?

आकाश- तुझे ध्यान है तूने मुझे माइक्रो फ़ोन दिए थे, जिन्हें मैंने मेरे पूरे घर में लगाये थे और ताई की सारी बातें सुनी... वो बातें भी रहस्या और रवि से ही होती थीं.! ये तीनो मिले हुए है... जासूस है तीनो...

अब बताओ रहस्या... क्यों और ऐसा क्या दे रही हो इन दोनो को जो ये लोग अपनी सरकारी नौकरी छोड़कर तुम्हारे काम कर रहे है...?

पुनीत(रहस्या की तरफ़ आगे बढ़ते हुए)- अब और भी कुछ बाक़ी है क्या...क्यों किया ऐसा... अगर तुमको मेरी ज़मीन- जायदाद ही चाहिए थी तो बोल देती ना.. ये ऐसा खेल खेलने की क्या ज़रूरत थी.. (रुआसूँ होते हुए)

आकाश- सम्भाल खुद को.. मज़बूत बन थोड़ा..

(रहस्या से) अब बताओ आराध्य कहाँ है और क्या है उसका रोल तुम्हारे इस खेल में?

पुनीत- सारा सच तो सामने आ ही गया है ये और बता दो कहां है आराध्य, उससे और मिलवा दो जिसने रातों की नींद ग़ायब कर दी है.(गुस्से और नफ़रत से बोलते हुए)

रहस्या - पुनीत मेरी बात सुनो प्लीज़, जैसा तुम समझ रहे हो वैसा नहीं है कुछ...

पुनीत- कितनी बेशर्म इंसान हो तुम.. अब भी तुम ऐसे बोल रही हो.. बुलाओ अब उस आराध्य को मैं भी तो जानू किसके लिए तुम इतना कुछ कर रही हो... लगाओ उसे फ़ोन, अभी (ऊँची आवाज़ में)

आकाश-ये नहीं बुलायेगी, तू इसके मोबाइल में कांटैक्ट लिस्ट चेक कर उसमें आराध्य का नम्बर ज़रूर होगा तू कॉल कर उसे और बुला यहाँ. अब ये आर या पार वाली लड़ाई है।

रहस्या ने चुप चाप आपने मोबाइल का लॉक खोलकर पुनीत को दे दिया और पुनीत को यह सब बहुत आसान सा लगा, पर वो कुछ सोचने समझने की स्तिथि में नहीं था, आख़िर इसने इतनी आसानी से मोबाइल क्यूँ दे दिया अगर ये कोई गेम खेल रही है तो इतने जल्दी हार क्यों मान ली? पर मुझे बस मेरे सवाल का जवाब चाहिए , फिर बिना वक़्त गवाये पुनीत ने रहस्या के मोबाइल में कॉल हिस्ट्री में देखा जहाँ आराध्य का नंबर डाइल लिस्ट में सबसे ऊपर मिला, पुनीत ने आराध्य को कॉल किया और रिंग गयीं जो की कमरे में सुनाई दे रही थी जिसका किसी ने सोचा भी नहीं था लगा की आराध्य जबसे यहीं छुपा हुआ था और सारी बातें सुन रहा था पर यह क्या - "जो रिंग बजी उसकी आवाज़ आकाश के मोबाइल में से आ रहीं थी"

फिर पुनीत ने फ़ोन कट किया और दोबारा से लगाया तब भी आकाश का फ़ोन बजा और सब एक दम दंग रह गए और आश्चर्य से आकाश की तरफ़ देखने लगे और पुनीत वहीं जड़ हो गया ये बोलते हुए- "तू ही आराध्य है।"

क्या है ये पहेली पुनीत ने आराध्य को फ़ोन लगाया तो आकाश के पास कैसे पहुँचा?

क्या आकाश ही आराध्य है?

क्या आकाश और रहस्या मिलकर पुनीत को धोका दे रहे थे और अगर हाँ तो किस बात का बदला था ये?

आख़िर क्या है ये राज़ जो सुलझने का नाम ही नहीं ले रहा, जानते है अगले अध्याय में।

सच को झुठलाना आसान होता है पर "सच का सामना" और भी मुश्किल।

प्रतिज्ञा श्रीवास्तव

22

षड्यन्त्र का खुलासा

पहेलियों का काम होता है उलझाना ना की गुमराह करना, पर कुछ पहेलियाँ नहीं बनी होती सुलझने के लिए जैसे इन तीनो की ज़िन्दगी थी जो परत-दर-परत उलझती जा रही थी या ये कोई खेल है "बदले का" पर किसका बदला- आकाश का या रहस्या का?

या आकाश और रहस्या का?

आराध्य को फ़ोन करने पर आकाश का मोबाइल बजना किस बात की तरफ़ इशारा था..

पुनीत- ये कैसे मुमकिन है... क्या तू ही आराध्य है...?

क्या हो रहा है ये, मैंने तुम दोनो पर इतना भरोसा किया और तुम दोनो इतने ज़्यादा धोखेवाज़ निकलोगे मैमैंने कभी सोचा भी नहीं था... और आकाश तू.... तू मुझे धोखा देगा,

वो आराध्य जिसने मेरा सुख- चैन छीन लिया हो वो मेरी नज़रों के सामने दिन-रात था और मैं उसे पहचान ही नहीं पाया,

मैं जिसके साथ मिलकर आराध्य को खोज रहा था "वो ही आराध्य है" बताओ ज़रा...

अब मुझे समझ आ रहा है ये तुम दोनो का रचा रचाया खेल है, ये लड़की मेरे घर में, मेरे ऑफ़िस में सबको जानती है, सबकुछ जानती है इसलिए तुम दोनो के लिए बहुत आसान था सबकुछ. तू हमेशा मेरे साथ रहता, मुझे व्यस्त रखता और वहीं ये लड़की पीछे से सारे सबूत मिटाती

जाती.... इसलिए मेरे हाथ ख़ाली है अब तक।

आकाश- पुनीत से लड़की मुझे फँसा रही है, मुझे नहीं पता कैसे कर रही है पर मैं आकाश हूँ यार...

पुनीत- वो ऐसा क्यों करेगी आकाश, एक वज़ह बता दे मुझे.... इतना सबकुछ मेरी आँखो के सामने था और मैं देख ही नहीं पाया...(पुनीत को हल्का सा सदमा लग गया जिसकी वज़ह से वो बड़बड़ाने लगा)

कमरे में मौजूद सब लोग पुनीत की हालत देखकर परेशान हो गए. रहस्या पुनीत की तरफ़ बढ़ी पर आकाश ने हाथ उसके आगे कर उसे रोक दिया और ख़ुद ने पुनीत को सम्भाला और पुनीत को पकड़कर ज़मीन पर बिठाते हुए

आकाश-तू ऐसा कैसे सोच सकता है यार, मैंने ऐसा कुछ नही किया मैं तो इसे जानता भी नही हूँ, भाई कैसे यक़ीन दिलाऊँ?

पुनीत- तुम दोनो चले जाओ मेरी नज़रों से दूर, मुझे अकेला छोड़ दो.

आकाश- तूझे अकेला, वो भी इस हालत में.. कभी भी नही. तुम थोड़ा शांत होने की कोशिश करो।

इतने में रहस्या ने बोला- पुनीत मेरी बात सुनो तो सही।

आकाश- नही, तुम इससे कुछ नही बोलोगी, ये सब तुम्हारी वजह से हो रहा है, पता नहीं कौन हो तुम और बता भी नहीं रहीं कि क्या हो रहा ये सब।

पुनीत- तू उससे क्या बोल रहा है, तुम दोनो मिलकर मुझे धोखा दे रहे थे और मैं पागलों की तरह तुम दोनो पर भरोसा करता रहा और तुम दोनो मिलकर मुझे पागल बना रहे थे, आख़िर क्यों? क्या बिगाड़ा है मैंने?

रहस्या मुझे तो तुमसे प्यार था और शायद अभी भी है किसी कोने में, तो क्या प्यार करने वालों को इस तरह धोखा देते है?

और आकाश तू तो मेरा दोस्त था ना, क्या उस बेट से मारने का बदला तू मुझे पागल करके लेगा.. बच्चे थे उस वक़्त पर अब..?

आकाश- तुम ग़लत समझ रहे हो पुनीत ऐसा कुछ भी नहीं है, मैं कोई बदला नहीं ले रहा भाई मैं ख़ुद परेशान हूँ आख़िर ये सब हो क्या रहा है.., आख़िर कौन है जो हमसे इस तरह बदला ले रहा है?

पुनीत- मैं अब तुम दोनो को अपने सामने नहीं देखना चाहता, प्लीज़ चले जाओ दोनो, अब जब सब कुछ साफ़ है तो जाओ बस..।

संजय- सर पुनीत की हालत सही नहीं लग रही वो जो बोल रहे है वो करिए कहीं कुछ गड़बड़ ना हो जाए.

आकाश- तुम्हारा डरना लाज़मी है संजय पर यहाँ बहुत बड़ी समस्या है।

पुनीत- मुझे ना जाने कब से तुमलोग धोखा दे रहे हो और मुझे भनक तक नहीं लगी, कितना पागल और बेवक़ूफ़ हूँ मैं जो तुम लोगों पर इतना भरोसा कर लिया।

आकाश- तुम्हें कैसे यक़ीन दिलाऊँ जैसा तुम सोच रहे हो वैसा कुछ नही है, तू खुद देख ले मेरे फ़ोन में इसका नम्बर सेव नही होगा (और ऐसा बोलकर आकाश ने उसका मोबाइल निकाला, उसके पास तन्वी के भी मिस कॉल थे आकाश ने सबसे पहले तन्वी को कॉल बैक किया जिसकी रिंग पुनीत के पास जो रहस्या का फ़ोन है उसमें रिंग बजी, आकाश ने चौंक कर पुनीत से फ़ोन लिया और देखा उस पर लिखा आ रहा था "आराध्य")

आकाश-(रहस्या से) ये क्या मज़ाक़ लगा कर रखा है, क्या है ये सब मैं तन्वी को कॉल कर रहा हूँ ये तुम्हारा फ़ोन क्यों बज रहा है और उसमें मेरा नम्बर आराध्य के नाम से क्यों दिख रहा है? क्या किया तुमने मेरी तन्वी के साथ? कहाँ है वो? क्या उसे भी...? अगर ऐसा हुआ तो मैं तुम्हें ज़िंदा नही छोड़ूँगा... समझी तुम।

रहस्या-मैंने तुम्हारी तन्वी के साथ कुछ नही किया वो सही सलामत है।

आकाश- कहा है वो? और कितने लोग शामिल हैं तुम्हारे इस षड्यन्त्र में जो तुमने हमारे ख़िलाफ़ रचा है?

इतने में आकाश का फ़ोन फिर बजा जिसमें नाम लिखा आ रहा था "तन्वी" और आकाश फोन उठाता उसके पहले ही फ़ोन कट गया फिर आकाश ने तन्वी को फिरसे फ़ोन लगाया, तो रिंग पुनीत के हाथ में रखे "रहस्या के फ़ोन में बजी" आकाश ने पीछे पलट कर देखा तो उसके सामने पुनीत खड़ा था रहस्या और आकाश के सामने "एक सवाल का

तीर छोड़ते हुए, वो तीर जो सबकुछ चीरकर निशाने पर लगा"

पुनीत- (रहस्या से) तो तुम तन्वी हो और ये आराध्य है?

ख़ामोशी को चीरती हुई रहस्या की आवाज़ जिसने सब लोगों को जड़वत कर दिया...

रहस्या- हाँ.......

आकाश- क्या? (चौंक कर)

पुनीत के सामने अब सच सामने आ ही गया, वो सच जो रहस्या ने ख़ुद ही मान लिया और अब इस खेल से पर्दा उठ गया, पर फिर भी कुछ सवाल है जिनका जवाब लेना अभी बाक़ी है -

१- क्या आकाश और रहस्या मिले हुए है, अगर ऐसा है तो आकाश इस बात से चौंका क्यों?

२- अगर आकाश ही आराध्य है तो फिर "आकाश" कहाँ है?

३- क्या सच में रहस्या ही तन्वी है, पर रहस्या तो रहस्या है, वो तन्वी। कैसे?

४- क्या तन्वी पुनीत और आकाश दोनो के साथ खेल रहीं है, या यह किसी बड़े षड्यन्त्र का छोटा सा खुलासा है?

इन सवालों के जवाब ढूढ़ेग़े अगले अध्याय में...

कुछ लोग "सच से सबक़" नहीं सीखते, इसलिए सच खुद ही "सबक़" बन जाता है...।

प्रतिज्ञा श्रीवास्तव

23

सच का "पूरा सच"

~~~~

पुनीत, आकाश, रहस्या और आराध्य, पर अब इनमे एक नाम और जुड़ गया "तन्वी" का.

वो तन्वी जिसका अध्याय "शुरू होते ही ख़त्म हो गया था" वो तन्वी जो अब रहस्या है या रहस्या ही तन्वी है, एक ही शख़्स की दो कहानी कैसे?

आकाश- ये कैसे सम्भव है मुझे कुछ भी समझ नहीं आ रहा है, मैं जानता हूँ तन्वी को, मिला हूँ उससे तुम वो नहीं हो.... आख़िर चाहती क्या हो तुम, क्यों उलझने पैदा कर रही हो?

पुनीत- बस करो अब बहुत हुआ, अब तो यह साफ़ हो चुका है कि ये ही तन्वी है और तुम आराध्य, पर अब भी तुमको कुछ समझना बाक़ी है?

आकाश- तू पागल है क्या इसने बोला और तूने मान लिया "कि रहस्या तन्वी है" और मैं जबसे बोल रहा हूँ मैं नहीं जानता इसे तो तुझे मानने में तकलीफ़ हो रही है. और ये क्या नया नाटक है तुम्हारा मेरा नाम आकाश है मैं आराध्य नहीं हूँ. (सर पकड़ते हुए)

क्या हो रहा है मैं पागल हो जाऊँगा. सच बताओ रहस्या क्या चल रहा है यहाँ?

रहस्या- हाँ, आकाश "तुम ही आराध्य हो और मैं ही तन्वी हूँ" और यही सच है

पुनीत- तो तुम दोनो मिलकर मुझे पागल करना चाहते हो game खेल रहे थे मेरे साथ, ताकि मैं पागल हो जाऊँ और तुम दोनो साथ में रह सको क्योंकि "तुम दोनो को मेरे बारे में सब पता था तो मुझे धोखा देना तो बहुत आसान काम था" इसमें इतना ताम-झाम क्यों किया बोल देते मैं ऐसे ही चला जाता, इतना ड्रामा क्यों किया तुम लोगों से मैंने ये उम्मीद नहीं की थी।

आकाश- तू पागल है, ऐसा नहीं है पुनीत मैंने कोई धोखा नही दिया, और इसको तो मैं जानता भी नही तेरे घर पर ही मिला था पहली बार. (रहस्या की तरफ़ देखते हुए)

"तो क्या मैं जबसे खुद को ही ढूँढ रहा था? कैसे हो सकता है ये?"

संजय- मुझे लगता है अब मुझे घर जाना चाहिए मेरा सर चकरा रहा है, सर मुझे घर जाने की आज्ञा दे (आकाश से)

आकाश- रुको संजय, मुझे यहाँ अकेला छोड़कर मत जाओ, क्या पता क्या चल रहा है यहाँ?

रहस्या- तुम दोनो थोड़ा शांत हो जाओ मैं सब बताती हूँ पर तुमको थोड़ा भरोसा रखना होगा, पर तुम लोग कुछ सुनना ही नहीं चाहते, सबने अपने- अपने मन से इल्ज़ाम लगा दिए, जिसको जो समझ में आया वो बोलता गया "बिना किसी बात की तह तक पहुँचे" अगर तुम तीनो सुनो तो मैं आगे सच बताऊँ?

पुनीत- भरोसा वो भी उस पर जो मुझे पागल साबित करने की कोशिश कर रहा है ताकि अपने "यार" के साथ भाग सके?

आकाश- mind your language puneet, you know it's not true.

रहस्या- अगर तुम लोगों को ऐसे ही झगड़ना है तो ठीक है खुद ही पता कर लो सब मैं जा रही हूँ।(गुस्से से)

(कमरे में थोड़ी देर के लिए ख़ामोशी ने जगह ले ली काफ़ी समय के बाद यहाँ बातें चुप थी, दीवारें भी जो बरसो से ख़ामोश थी आज "एक कहानी" की साक्षी बन गयीं)

आकाश- ठीक है इन लोगों का तो नहीं पता पर मुझे सच जानना है आख़िर हो क्या रहा है, कौन हूँ मैं?

(आकाश ने पुनीत, संजय, अर्जुन, अंजु और रवि की तरफ़ देखा, उन सबने भी सच जानने के लिए हामी भर दी, आख़िर दे भी क्यों ना सब कुछ इतना उलझ हो गया था, जिसे सुलझाना था)

रहस्या- ठीक है तो सुनो - पुनीत, आकाश ये सिर्फ़ आधा सच है जो तुमने सुना, इसका दूसरा सच भी है एक जो तुम लोगों में से किसी को नहीं पता और उस पहलू को जानने के लिए तुम्हें मेरी बातें ध्यान से सुननी होंगी. कुछ बातें जो तुम लोगों को परेशान भी कर सकती है और कुछ जो बहुत ज़्यादा परेशान कर सकती है तो थोड़ा ठंडे दिमाग़ से समझने की कोशिश करना. (रहस्या ने एक गहरी साँस ली और बोला)

'हमारी दुनिया के बाहर भी एक दुनिया है और वो दुनिया असली है और ये उस दुनिया का प्रतिरूप है "जहाँ कुछ भी सच नहीं है और सब कुछ सच है" ।

आकाश, संजय और पुनीत रहस्या की बात सुनकर काफ़ी देर तक ख़ामोश थे फिर तीनो ने एक दूसरे को देखा और हँस पड़े.. वो सब भूल कर जो अभी कुछ समय से इन सबके बीच चल रहा था, हाँ काफ़ी समय के बाद कमरे में थोड़ी देर के लिए ही सही पर एक हँसी की लहर दौड़ गयी जो एक अजीब से माहौल को जन्म दे गयी

पुनीत- हमने कहा सच बताने को और तुम मज़ाक़ कर रही हो, ये है तुम्हारा सच।(गुस्से से)

रहस्या- यही सच है मैंने कहा था ध्यान से सुनना -हमारी दो दुनिया है एक ये और एक दूसरी जो इसका ही प्रतिरूप है पर इससे थोड़ी सी भिन्न भी है, जब हम यहाँ सोते है तब उस दुनिया में होते है और जब हम उस दुनिया में सोते है तब इस दुनिया में आ जाते है जानकी जी जो कि इस दुनिया में मेरी माँ थी वो उस दुनिया में अब नही रहीं तभी वो ग़ायब हो गयीं है, और उनका होने का अस्तित्व भी मिट गया है।

आकाश- तुम पागल हो या हमें बना रही हो ऐसा कुछ नही होता सब जानते है, मुझे क्या पता था कि तुम इस तरह से मज़ाक़ बना दोगी हमारी ज़िन्दगी का।

रहस्या- मैं कोई मज़ाक़ नहीं बना रहीं हूँ यहीं सच है, तो तुम बताओ कैसे साबित करूँ मैं, हाँ मैं तुम्हारे बारे में सब जानती हूँ क्योंकि मैं तन्वी

हूँ और तन्वी सिर्फ़ इस दुनिया में नहीं बल्कि उस दुनिया में भी मेरा असली रूप है। हमारी शादी हो चुकी है उस दुनिया में तभी तो मुझे सब कुछ पता है.

आकाश- ये झूठ है मेरी कोई शादी नहीं हुई और वो भी तुमसे.

रहस्या- तो फिर मैं तुम्हारे बारे में वो भी कैसे जानती हूँ जो तुम्हारे अलावा किसी को नहीं पता, है कोई जवाब?

आकाश- ऐसा क्या पता है तुम्हें?

रहस्या- तुम्हारी पीठ के बाईं ओर एक तिल है जिसके ऊपर एक लाल कलर का निशान है,

तुम्हारे पेट के पास एक काला दाग है जो तुम्हारे ख़ानदान की निशानी है, और तुम्हारा एक बार ऐक्सिडेंट हुआ था जिसकी वज़ह से तुम्हें एक कान से कम सुनाई देता है और उस कान में एक हल्की ध्वनि सुनाई देती है....

क्या और कुछ बताऊँ?

आकाश- मुझे नहीं पता ये सब तुम कैसे कर रही हो पर ये सब ग़लत है, झूठ है, मैं नहीं मानता ये बकवास, चल पुनीत ये हमें पागल बनाने की कोशिश कर रही है पर पता नहीं किसके कहने पर।

पुनीत- हाँ चल, इसको मनोचिकित्सक की ज़रूरत है ये अपने होश में नहीं है, बाक़ी सच हम पता कर ही लेंगे ।

तभी ताई ने बोला - बेटा तुम लोग समझ नहीं रहे हो रहस्या बिल्कुल सच बोल रही है...

आकाश- (पुनीत से) क्या रहस्या को कोई दिमाग़ी बीमारी है.., तुझे पता थी ये बात...?

पुनीत- नहीं तो... ऐसा तो कुछ भी नहीं है.

आकाश- हो सकता है ताई इसी बात की तरफ़ इशारा कर रहीं है, तभी रहस्या की हाँ में हाँ मिला रहीं है...?

आकाश और पुनीत की बातों का फ़ायदा उठाकर रहस्या ने आकाश से उसकी गन छीन ली और अपने सर पर रख ली और बोली -"बस बहुत हुआ मैं थक गयीं हूँ तुम लोगों की बातों से मेरे सब्र का और इम्तेहान मत लो"

सब लोग अचानक से डर गए.

पुनीत- हाँ रहस्या तुम सही कह रही हो तुम झूठ नहीं बोल रहीं, हम लोग सुन रहे है, तुम्हारी कही हर बात सच है पर ये गन हमें दे दो या नीचे रख दो और आगे बोलो क्या सच है

तभी ताई आगे आई और बोली- बेटा शांत हो जाओ, तुमको पता है सच क्या है, हमको पता है सच क्या है और इन लोगों ने बोला कि ये लोग भी सुन रहे हैं. तुम गन मुझे दे दो...

रहस्या- नहीं माँ, इन लोगों ने अब हद पार कर दी है ना सुन रहे है ना समझ रहे हैं... मुझपर बस इल्ज़ाम पर इल्ज़ाम लगाए जा रहे है...

मैंने जो कुछ भी किया वो तुम दोनो के लिए ही तो किया पर तुम लोग मज़ाक उड़ा रहे हो मेरा..

आकाश- माँ...(चौंक कर)

पुनीत- आकाश, तू कुछ नहीं बोलेगा अब... (रहस्या से) हम लोगों में से अब कोई कुछ नहीं बोलेगा हम सब सुन रहे हैं तुम्हारी बात... तुम बोलो

रहस्या- मैं थक गयीं हूँ पुनीत अब, तुम लोग मुझे ना जाने क्या- क्या बोल रहे हो... जासूस, चरित्रहीन और अब पागल....

आकाश- हमें माफ़ कर दो हमसे बहुत बड़ी गलती हो गई है... तुम सही कह रही हो...

इतने में रवि बोल पड़ा- दीदी ये लोग इस लायक़ नहीं है कि इनके लिए तुम ख़ुद को ख़त्म कर लो...

आकाश ने संजय को इशारा किया और संजय धीरे- धीरे रहस्या के पीछे जाने लगा और बाक़ी सब लोग उसे बातों में उलझाने का प्रयास कर रहे थे..

(पर रहस्या के दिमाग़ में कुछ और ही चल रहा था वो थक गयीं थी इन लोगों की बातों से

रहस्या ने किसी की बात नही सुनी और... संजय रहस्या की तरफ़ भागने वाला था कि

एक तेज़ आवाज़ गोली चलने की और बस, एक ही क्षण में रहस्या ज़मीन पर गिर गयी...

पुनीत वहाँ ज़मीन पर बैठ गया उसके कान में बस एक गूंज सुनाई दे रही थीं, वो होश में था पर बेहोश सा था.. आकाश उससे कुछ कह रहा था पर उसे सुनाई नहीं दे रहा था...

रमा, रवि और अर्जुन तीनो बस खड़े हुए थे... कोई भी रहस्या को उठाने नहीं आया...

आकाश रहस्या के पास भागा उसे उठाने का भरसक प्रयास कर रहा था पर वो उसे उठा नहीं पा रहा था आकाश ने अर्जुन और रवि को बुलाया पर वो दोनो नहीं आए... खड़े रहे बस... और संजय डॉक्टर को बुलाने के लिए भागा

और रहस्या.........

फ़र्श पर इस तरह से मंद मुस्कान लिए सो रही जैसे कि अब उसे मुक्ति मिल गयी हो, वो मुक्ति जो वो हमेशा से चाहती थीं...!

पर छोड़ गयीं कुछ अनसुलझी पहेलियाँ, बिना जवाबों के सवाल और एक शून्य सा ख़ालीपन....

क्या रहस्या ने अपने आप को सच्चा बताने के लिए अपनी जान दे दी?

रहस्या ने ताई को माँ क्यों बोला, अगर रमा (ताई) रहस्या की माँ हैं तो जानकी देवी कौन थीं?

क्या सच में रहस्या को किसी मनोचिकित्सक की ज़रूरत थी या वो मानसिक रोगी थी,

रहस्या ने जो भी कहा क्या वो सब सच था या बस उसके मन का भ्रम,

अगर ये सब रहस्या के मन का भ्रम था तो सब लोग उसका साथ क्यूँ दे रहे थे..

क्या सच में इस किताब की नायिका का अंत ऐसा होना था?

पहेलियाँ तो बहुत सारी हैं सुलझाने के लिए और सवाल अनगिनित जिनका जवाब सिर्फ़ रहस्या के पास था, क्या यही सज़ा चुनी है रहस्या ने आकाश और पुनीत के लिए.... अब ये दोनो क्या करेंगे, मिल पायेंगे पुनीत और आकाश को इनके जवाब...

इसका जवाब हमें अगले अध्याय में मिलेगा पर "एक कहानी" की कहानी के अगले अंश के अध्याय में " तब तक जुड़े रहें, प्रतिज्ञा श्रीवास्तव से और मिलते है अगली रचना में।

..........................समाप्त......................

आज्ञा दें

अगर आप मुझे इंस्टाग्राम पर फॉलो करना चाहते है तो ये मेरे लिए ख़ुशी की बात होगी -
@Pratigya_Shrivastava
@shree_Pratigya

अगर आप मुझसे कलाब्रेशन करना चाहते है तब आप संपर्क कर सकते है
Email- shreeprati317@gmail.com

बस अब विदा लेते है ....और जल्द ही मिलते है एक नई कहानी के साथ, तब तक के लिए
TATAAAAAAA...!